Blanca Imboden

Drei Frauen im Schnee

Weihnachten, Geburtstage und andere Katastrophen

WÖRTERSEH

Lektorat: Antje Steinhäuser, München
Korrektorat: Andrea Leuthold, Zürich
Umschlaggestaltung: Thomas Jarzina, Holzkirchen
Fotos Umschlag: vorn © Justin Metz / Ikon Images / Corbis und Paul Edmondson / Corbis; hinten © Stoosbahnen AG, Stoos-Kapelle vor den Mythen; Composing Thomas Jarzina
Layout, Satz und herstellerische Betreuung:
Rolf Schöner, Buchherstellung, Aarau
Druck und Bindung: CPI – Ebner & Spiegel, Ulm

Print ISBN 978-3-03763-037-2
E-Book ISBN 978-3-03763-544-5

www.woerterseh.ch

MIX
Papier aus verantwortungsvollen Quellen
FSC® C006701

Die besinnlichen Tage zwischen Weihnachten und Neujahr
haben schon manchen um die Besinnung gebracht.
Joachim Ringelnatz

Von allen Geschenken, die uns das Schicksal gewährt,
gibt es kein größeres Gut als die Freundschaft –
keinen größeren Reichtum, keine größere Freude.
Epikur von Samos

Dies ist auch ein Buch über Freundschaft, daher widme ich es den wichtigsten Freundinnen meines Lebens:

Christa Keller (†), Sindy Hedinger-Kenel,
Lucia Schmid-Camenzind, Gaby Hartmann-Nobs,
Tina Bolfing und vor allem Cily Müller
und Rita Betschart-Wiget.

Nichts ist wertvoller als eine gute Freundin.
Danke.

1

Ich liebe unser gemütliches Frühstück am Sonntagmorgen. Paul holt frische Brötchen und die Sonntagszeitung. Die Zwillinge, Amelie und Lilly, decken unterdessen den Tisch. Der Kaffee duftet durchs Haus. Wir sitzen gemeinsam am stämmigen Eichentisch in der Küche, reden über Gott und die Welt und hören einander zu. Wir albern herum und genießen es, zusammen zu sein. Das sind wichtige Momente in unserem sonst oft chaotischen Familienleben. In diesen Momenten bin ich von ganzem Herzen Familienmensch und liebe meine Töchter und meinen Ehemann besonders.

Heute kommen wir auf Weihnachten zu sprechen.
»Oma möchte morgen das Haus dekorieren. Ich komme etwas früher von der Arbeit«, erklärt mein Mann.
Die Mädchen verdrehen die Augen. Ich kann sie verstehen. Jedes Jahr muss Paul unter Lebensgefahr einen alten, verrosteten Weihnachtsstern außen unter dem Dach anbringen. Man könnte längst etwas Neues kaufen, das sich viel leichter installieren ließe. Aber diesen Stern hat Pauls verstorbener Vater vor vielen Jahren eigenhändig in seiner Werkstatt zusammengebastelt. Und meine Schwiegermutter Irene besteht darauf, dass er Jahr für Jahr ihr Haus ziert. So wie sie überhaupt alles Jahr für Jahr genau gleich haben will.
The same procedure as every year…

»Der Stern geht ja noch«, meint Lilly. »Aber die Engel!«
Sie zieht eine Grimasse.
Unser Treppenhaus wird vor dem ersten Advent mit Engeln dekoriert. Sie hängen und stehen und kleben und liegen überall. Ach ja, und einige fliegen sogar.
»Manchmal denke ich beim Heimkommen, ich sei irrtümlich schon im Himmel gelandet«, schimpft Lilly weiter.
»Du kommst sowieso nicht in den Himmel«, bemerkt Amelie trocken, worauf ihr Lilly den Ellenbogen in die Seite rammt.
»He, ihr beiden!«, mahnt Paul. »Das gehört nun mal zu Weihnachten, und ihr wisst: Das macht eure Oma auch für euch, weil sie euch lieb hat.«
Lilly steckt sich demonstrativ den Finger in den Hals, was Paul gerade nicht sieht, weil er sich Leberwurst aus dem Kühlschrank holt.
»Weihnachten ist doof«, sagt sie.
»Genau«, bestätigt Amelie.

Weihnachten ist doof?
Ich hör wohl nicht recht!
Jedes Jahr quäle ich mich durch dieses Fest, das ganz und gar unter Irenes Regie steht. Und wenn ich nur ein einziges Mal eine winzig kleine Änderung im Programm anrege, wird mir erklärt, dass ich doch wenigstens der Kinder wegen meine eigenen Wünsche zurückstecken könne.
»Die Kinder lieben das Fest so, wie es ist«, erklärt Irene jedes Mal voller Überzeugung. Damit nimmt sie mir Jahr für Jahr den Wind aus den Segeln. Denn ich liebe meine Zwillinge und will ihnen sicher nicht Weihnachten verderben.
Und nun die knallharte Offenbarung: Weihnachten ist doof!

»Jetzt reichts aber! Wie seid ihr denn heute drauf? Warum wird hier plötzlich alles infrage gestellt?«
Paul ereifert sich und schickt auch mir einen strafenden Blick.
»Was passt euch denn nicht an Weihnachten? Wir haben es doch jedes Jahr richtig schön. Wir singen und spielen zusammen, bekommen ein gutes Essen ...«
»... ja, eine fette Gans. Pfui Teufel. Immer dasselbe Menü«, wirft die sportliche Lilly trotzig ein. »Ich kann so fettes Zeug nicht vertragen. Aber das interessiert natürlich keinen.«
Die begeisterte Tennisspielerin achtet tatsächlich immer sehr auf eine gesunde Ernährung. Durchaus denkbar, dass ihr Magen revoltiert, wenn er plötzlich massive Speisen verdauen muss.
Paul schimpft weiter: »Es geht da nicht nur um euch. Es geht auch um Traditionen. Onkel Leo kommt ja auch immer zum Fest aus dem Altersheim. Ein bisschen Respekt vor dem Alter würde euch gut bekommen.«
Jetzt verdrehen beide Mädchen die Augen.
»Respekt vor unserem Großonkel?«
Lilly hat mit einem Mal einen roten Kopf, so sehr regt sie sich auf: »Unser Großonkel Leo ... der ist immer so aufdringlich! Er ist widerlich.«
Ich bin sprachlos.
»Ach, kommt! Er ist ein alter Mann. Da übertreibt ihr sicher ganz ordentlich«, lacht Paul nur.
Ich habe inzwischen meine Sprache wiedergefunden: »Was macht er?«
»Er kommt uns viel zu nahe, und wenn er an uns vorbeigeht, streift er uns unauffällig. Das ist bestimmt kein Zufall oder alberne Neckerei, dafür macht er es viel zu oft und außerdem bei uns beiden. Manchmal gibt er uns einen bescheuerten Klaps auf den Hintern. So etwas muss sich doch heute nicht einmal mehr die Ser-

viertochter in einer zwielichtigen Kneipe gefallen lassen. Nein, er ist wirklich ein Widerling«, schimpft nun auch Amelie.
»Auch wenn er mir übers Haar streicht, ekelt mich das an. Wir sind doch nicht seine Puppen«, legt Lilly nach.
»Das will ich gar nicht hören. Sicher steckt keinerlei böse Absicht dahinter«, erklärt Paul bestimmt und schaut finster in die Runde.
Da habe ich aber auch ein Wort mitzureden: »Paul! Wie kannst du nur! Du meinst also, sie sollen sich nicht so zieren? Er ist ja mit ihnen verwandt, also ist ein kleiner Übergriff zu verschmerzen? Was ist denn das für eine Einstellung? Und was für Signale gibst du unseren Töchtern für ihr Leben?«
Ich verschlucke mich fast an meinem Kaffee vor Empörung.
»Amelie und Lilly, eines ist klar: Keiner kommt euch zu nahe, wenn ihr das nicht wollt. Sollte er das dieses Jahr wieder tun, dann wehrt euch so laut, dass wir das alle hören. Das müsst ihr mir versprechen!«
Die Mädchen nicken und schauen mich dankbar an. Ich schäme mich: Für diesen alten Lüstling, der sich Onkel Leo nennt, für meinen Mann, der alles nicht schlimm findet, und für mich, weil ich nie etwas bemerkt habe.

Fröhliche Weihnachten!
Es ist noch nicht einmal Advent, und ich habe schon genug davon.

»Denkt einfach daran: Nächsten Sonntag ist der erste Advent, und wir sind wie immer am Nachmittag bei Oma oben«, sagt Paul schließlich nur.
Er öffnet die Zeitung und meldet sich damit vom Gespräch ab, verstimmt und eingeschnappt.
»Nein!« Lilly gibt noch immer keine Ruhe.
»Diesmal geht das wirklich nicht!«, wird sie von Amelie unterstützt.

Oh, wenn die Zwillinge zusammenhalten, sind sie eine nahezu uneinnehmbare Festung.

Paul lässt genervt die Zeitung sinken.

Er bemüht sich, nicht zu schreien, aber das macht seinen Tonfall fast noch bedrohlicher: »Ihr seid jetzt sechzehn Jahre alt, und bisher haben wir das jedes Jahr so gemacht. Da möchte ich doch gern wissen, warum es plötzlich nicht mehr geht? Bloß zwei Stunden, nicht mehr! So viel sollte euch die Familie wert sein. Die Adventssonntage gehören der Familie. Basta.«

Lilly erklärt, dass ein großer Star in ihre Schule komme.

»John Grisham liest an der Kantonsschule, und er erzählt uns, wie er schreibt. Wir können mit ihm reden und ihm Fragen stellen«, sprudelt es aus ihr hervor.

»Der Krimiautor?«, fragt Paul entsetzt.

»Wir lesen gerade ›Das Fest‹, einen älteren Roman von Grisham, eine Weihnachtsgeschichte. Dort beschreibt er ein Ehepaar, das einfach mal beschließt, Weihnachten ausfallen zu lassen. Ein wirklich cooles Buch mit schrägen Einfällen.«

»Ja, ja. Den Film dazu kenne ich. Wieso muss der am ersten Advent in die Schule kommen? Seit wann geht ihr freiwillig an einem Sonntag zur Schule?«

Paul versteht die Welt nicht mehr.

Lilly wehrt sich: »Es ist ein Wunder, dass er überhaupt gerade in der Schweiz ist und dass er uns tatsächlich die Ehre gibt. Da kann man doch nicht über Termine diskutieren!«

Tja, meine Mädchen werden langsam groß und unbequem. Sie haben eine eigene Meinung, ein eigenes Leben, einen eigenen Terminkalender.

Höchste Zeit, dass ich es ihnen gleichtue.

»Da werden Papa und ich halt allein bei Irene Kaffee trinken. Solange ich nicht euren Anteil an Plätzchen und Keksen in mich

reinstopfen muss…«, erkläre ich und lege dabei meinem Ehemann beruhigend die Hand auf die Schultern.
Er brummelt etwas in sich hinein, und die Mädchen verabschieden sich schnell, aus Angst vor weiteren Diskussionen. Amelie beginnt, Geige zu üben, und Lilly knallt kurz darauf ihre Zimmertür zu, genervt von den endlosen Tonleitern.

Paul sitzt ratlos da, und er könnte einem fast ein ganz klein wenig leidtun. Aber es ist höchste Zeit, dass er diese Lektion lernt: Nichts ist in Stein gemeißelt. Nur weil etwas ein paar Jahre so und nicht anders war, muss es nicht ewig genau gleich weitergehen. Die Mädchen werden langsam erwachsen und haben ihr eigenes Leben.
Ich habe mir für das neue Jahr auch einige Veränderungen vorgenommen. Paul muss aufpassen, dass er den Zug nicht verpasst, wenn er der Einzige ist, der sich nicht vom Fleck bewegt.

2

Seit wann stehe ich eigentlich so auf Kriegsfuß mit dem Weihnachtsfest?
Als Kind habe ich Weihnachten geliebt. Ich habe nur allerschönste Erinnerungen daran. Auch als die Kinder noch klein waren und wir in einer Altbauwohnung gehaust haben, waren die Festtage immer eine glückliche, aufregende Zeit. Wir feierten unkonventionell und fantasievoll. Da gab es auch mal eine Schneeballschlacht statt der Weihnachtsgeschichte oder ein Spaghetti-Essen statt eines aufwendigen Festmenüs.

Aber dann ist Pauls Vater gestorben, und Irene hat sich großzügig bereit erklärt, in ihrem Haus am Dorfrand von Schwyz die kleine Dachwohnung zu beziehen und uns den großen unteren Teil zu überlassen. Jetzt wohnen wir in einer imposanten Villa mit Garten – und mit Irene. Seit wir hier leben, führt Irene über die Weihnachtsfeste Regie. Sie kann in ihrer Wohnung keine Gäste mehr bewirten, dafür ist diese zu klein. Also findet das Fest bei uns statt – aber nach Irenes Spielregeln, nämlich so, wie es immer schon war. Vor dem ersten Advent wird das Haus geschmückt. An den Adventsnachmittagen wird bei ihr oben musiziert und Kaffee getrunken. Am Heiligen Abend wird in unserer Wohnung groß gefeiert, mit wechselnden Gästen aus der Verwandtschaft. Onkel Leo ist immer dabei. Es gibt eine Gans mit Kartoffelstock, dazu Rotkraut und zur Nachspeise, wenn keiner mehr auch nur ansatzweise Appetit hat: Schwarzwäldertorte. Danach sind alle satt und müde. Es folgt eine Stunde Musizieren vor dem Christbaum. Im Anschluss liest Irene die Weihnachtsgeschichte vor. Schließlich gibt es Geschenke.

Ach so: der Christbaum!

Sein Schmuck besteht aus Erbstücken von Irenes Familie. Wehe, es fällt etwas herunter! Antike, wertvolle Kugeln. Nur hat leider jede eine andere Farbe. Dazu kitschige Engel mit abblätternder Goldverzierung, dazwischen Mengen von Lametta, dass man fast davon blind werden könnte. Die Glitzerstreifen werden mehrere Jahre verwendet, versteht sich …

Um 23 Uhr gehen alle gemeinsam in die Mitternachtsmesse. Die Wohnung sieht zu diesem Zeitpunkt aus, als hätte eine Bombe eingeschlagen. Egal. Danach gehen alle schlafen, außer mir. Ich räume auf und putze, weil am 25., so will es der Familienbrauch, ein Weihnachtsbrunch stattfindet. Selbstverständlich habe ich versucht, da und dort das Programm und die Vorschriften ein wenig zu lockern. Aber ich habe immer auf Granit gebissen. Paul meinte, seine Mutter sei nun schon alt, da müssten wir einfach Rücksicht nehmen auf ihre Gewohnheiten. Traditionen seien doch etwas Schönes. Außerdem hätten wir ja auch diese großartige Wohnung von Irene bekommen.

Die Mädchen haben bisher nie aufgemuckt. Ich dachte tatsächlich, sie hätten Weihnachten gern, genauso und immer wieder gleich.

»Wie kommst du darauf?«, meint Amelie, als ich sie am Nachmittag darauf anspreche. »Das Fest ist nervtötend. Ihr seid alle immer dermaßen gereizt, dass wir vom ersten Advent an das Gefühl haben, wir dürften nur noch auf Zehenspitzen gehen. Nie streitet ihr euch so oft wie vor Weihnachten.«

Stimmt das?

Wahrscheinlich schon.

Ich bin tief betroffen.

Asche auf mein Haupt.

Aber Amelie plappert munter weiter: »In der Schule lesen wir ja gerade Weihnachtsgeschichten aller Art. Den Roman von Grisham, den solltest du dir auch mal reinziehen. Oder die Geschichte von Böll über die Frau, die einfach jeden Tag Weihnachten feiern wollte und sonst Schreikrämpfe kriegte.« Amelie erzählt, dass sie in der Schule viele Diskussionen über Weihnachten geführt hätten. Fächerübergreifend, wie sie betont. »Stell dir vor: Wir haben darüber abgestimmt, wer von uns das Weihnachtsfest abschaffen möchte. Das Fest blieb nur knapp von der Abschaffung verschont, und als wir genauer nachgefragt haben, wollten viele bloß nicht auf die Geschenke verzichten.«

Weihnachten abschaffen?

Manchmal sind die Gespräche, die im Schulunterricht geführt werden, wirklich gewöhnungsbedürftig. Während wir früher Geschenke gebastelt und bei Kerzenlicht andächtig gefühlvollen Geschichten gelauscht haben, diskutieren die Kinder heute über die Abschaffung von Weihnachten. Hätte das früher ein Lehrer gewagt, hätten die Eltern geschlossen protestierend bei ihm auf der Matte gestanden, der Gemeindepfarrer allen voran.
Allerdings fand ich es mutig und unkonventionell, als die Schüler im Oktober gemeinsam im Unterricht einen Brief an unsere Großhändler schrieben: Niemand wolle bereits im Herbst Weihnachtsgebäck kaufen, erklärten sie, mit all ihren Unterschriften. Vorausgegangen war ein Statement der Migros, der frühe Verkaufsstart von Weihnachtsgebäck entspreche einem Kundenwunsch. Ha! Das fand sogar ich lächerlich. Wer geht denn allen Ernstes im Oktober in den Supermarkt und bedauert es, wenn es noch keine Mailänderli und Zimtsterne zu kaufen gibt?
Und ich gebs zu: Ich war wirklich entsetzt, als bereits Mitte Oktober rund um unser Einkaufszentrum die Bäume ihre Blätter lassen mussten, um die Äste mit Lichterketten einfassen zu können. Und als ich Anfang November beim abendlichen Einkauf auf dem Parkplatz von bunten Leuchtscheinwerfern erfasst wurde und fast nicht mehr aus der Parklücke herauskam, weil ich derart geblendet wurde, war ich auch verärgert.
Aber ist das Schulstoff?
Andererseits ist es natürlich gut, wenn sich die Schüler nicht nur mit abstraktem Schulwissen abfüllen lassen, sondern sich auch mit dem Leben auseinandersetzen. Sie sollen ja möglichst viel diskutieren und hinterfragen. So lernen die jungen Leute, sich eine eigene Meinung zu bilden und sich auszudrücken.
Dass sogar das Weihnachtsfest infrage gestellt wird, erstaunt mich allerdings. Ich wünschte, ich könnte auch in meiner eigenen Fami-

lie mehr und offener darüber reden. Hier, heute und jetzt flammt ein kleines, winziges Flämmchen von Widerstand in mir auf.

3

Singen ist eine meiner Leidenschaften. Ich habe schon immer gesungen und kann mich sogar ein wenig auf dem Klavier begleiten. Als junges Mädchen wollte ich Sängerin werden. Heute macht mir der Gesang das Putzen erträglicher. Was für eine extrem langweilige Hausarbeit. Sisyphus lässt grüßen. Die Putzerei schlägt das Bügeln noch um Längen.

Go on now go – walk out the door – just turn around now – 'cause you're not welcome anymore...

Ich singe mich durchs Wohnzimmer, übertöne glatt den dröhnenden Staubsauger. Die Stereoanlage habe ich laut aufgedreht. Trotzdem singe ich Gloria Gaynor locker an die Wand.

I've got all my life to live – I've got all my love to give – and I'll survive – I will survive – hey hey

Gerade habe ich mich so richtig schön in Schwung gesungen, da werde ich unsanft aus dem Discozeitalter ins Jetzt zurückgeholt.
»Muss das so laut sein, Sonja?«
Irene. Meine Schwiegermutter. Ihre Überraschungsbesuche sind eine regelmäßige Heimsuchung.

»Irene, wie schön, dass du zu Besuch kommst, überraschend wie immer«, schreie ich und zeige meine Zähne, in der Hoffnung, sie würde dies als eine Art freundliches Lächeln wahrnehmen.
Irene schreitet entschlossen auf den CD-Player zu und dreht die Lautstärke herunter. Sie drapiert theatralisch einen Adventskranz auf unserem Esstisch und fegt dafür unwirsch ein paar herumliegende Jugendmagazine beiseite.
»Ich habe euch auch einen gekauft. Die Jungen aus der Nachbarschaft kamen gerade vorbei. Ich dachte schon, dass du ihr Klingeln gar nicht gehört hast.«
Ja, alle Jahre wieder versuche ich, das Klingeln zu ignorieren, wenn die Jugendvereine ihre Adventskränze an der Haustür verkaufen wollen. Sie sind im Supermarkt schöner und billiger. Im letzten Jahr haben wir ohnehin ganz darauf verzichtet, und keiner hat ihn vermisst.
»Oh, schon wieder Weihnachten?«, frage ich unschuldig.
»Schon wieder Weihnachten?«
Irene schluckt schwer und schaut mich fassungslos an.
»Am Sonntag ist der erste Advent«, antwortet sie, empört über meine Unwissenheit und Ignoranz.
»Danke«, sage ich höflich und zeige auf ihr Mitbringsel. »Die Mädchen werden sich bestimmt freuen.«
Allerdings sieht der Adventskranz ziemlich kümmerlich aus, und die Kerzen stecken recht windschief in dem Ding. Aber es ist ja die Geste, die zählt…
Irene rauscht kopfschüttelnd von dannen, und mir ist die Lust, zu singen, vergangen. Meine Laune war vorher eindeutig besser. Ich räume den Staubsauger weg, binde meine Haare zusammen und fange an, die Toilette zu putzen. Das passt nun besser zu meiner Stimmung.

Wie oft haben wir schon darüber diskutiert: Irene soll hier nicht unangemeldet reinschneien. Wenn Paul einmal, zermürbt von meinen Klagen, mit Irene darüber gesprochen hatte, gab sie sich immer einsichtig. Und ein paar Tage später stand sie wieder aus irgendeinem unerhört wichtigen Grund überraschend mitten in der Wohnung.

Es ist höchste Zeit, dass ich selber wieder aus der Wohnung herauskomme. Im September habe ich im Zuge einer Umstrukturierung meinen Teilzeitjob bei der hiesigen Bank verloren. Und dies, obwohl doch Paul dort ein hohes Tier ist. Nicht einmal Beziehungen sind mehr das, was sie einmal waren. Anfangs fanden es alle ganz nett, dass ich wieder mehr zu Hause war. Ich auch. Paul meinte, ich könne mir Zeit lassen, mir eine kleine Auszeit gönnen, wir hätten ja keine finanziellen Probleme. Aber inzwischen schreibe ich bereits wieder Bewerbungen. Allerdings sind gerade im Bankgewerbe viel zu viele Menschen auf Stellensuche. Ich werde mich wohl auf einen völlig anderen Job einstellen müssen. Gut, dass ich flexibel bin und zudem in jungen Jahren in verschiedenen Branchen gearbeitet habe. Erschwerend kommt allerdings dazu, dass ich im nächsten Jahr vierzig werde – das scheint auf dem Arbeitsmarkt ein unverzeihliches Schwerverbrechen zu sein. Dabei fühle ich mich jung. Allerdings fühlt Irene sich auch jung, und sie ist über siebzig. Nun, für die Zwillinge sind wir wohl beide eh nur eins: Grufties.

Amelie und Lilly kommen gemeinsam heim, als ich gerade einen Kaffee trinke. Sie schimpfen über das Wetter und schütteln die ersten Schneeflocken von ihren Kleidern. Ich habe mich inzwischen von Gloria Gaynor verabschiedet. Aus dem Radio plätschert eine unsäglich schmalzige Country-Version von »Leise rieselt der Schnee«.

»Schuhe aus!«, brülle ich den Mädchen entgegen und hasse mich selber für meinen Tonfall.
Lilly steht schon in der Küche und versaut den frisch geputzten Boden mit ihren nassen Tretern. Ach, ich weiß, warum ich wieder außer Haus berufstätig sein möchte. Hausarbeit ist so aufreibend, so endlos und öde. Die Wertschätzung ist genauso gering wie die Entlöhnung.
»Sorry, aber ich muss gleich weg«, sagt Lilly nur und nimmt sich eine Banane aus dem Kühlschrank. »Training.«
Klar. Mein kleines Tenniswunder ist immer irgendwie auf dem Sprung. Dafür hat es Amelie ausnahmsweise gar nicht eilig, in ihr Zimmer zu kommen. Sie setzt sich neben mich.
»Was würdest du tun, wenn du wüsstest, dass du nicht mehr lange zu leben hättest?«, fragt sie mich und trinkt aus meiner Kaffeetasse.
»Ich würde nie mehr putzen«, antworte ich leichthin, bin aber irritiert. Was sind das nun wieder für Fragen? Welche Ängste stecken dahinter?
»Bist du krank?«, frage ich und mustere sie aufmerksam.
Sie sieht kerngesund aus, wie immer. Wie ein Schneewittchen. So nenne ich meine Zwillinge manchmal wegen ihres langen, dunklen, vollen Haars und ihrer zarten, reinen Haut. Früher hörten sie das zwar gern, heute sage ich es besser nicht mehr allzu laut.
Amelie holt ihren Laptop und zeigt mir eine Seite, die mir fast die Sprache verschlägt. Natürlich habe auch ich von den Theorien gehört, dass am 21. Dezember 2012 die Welt untergehen werde. Aber was ich da sehe … Da gibt es einen laufenden Zähler, einen Countdown bis zum Weltuntergang. Es sind nur noch 23 Tage. Auch die Stunden, Minuten und Sekunden, die uns bleiben, werden gezählt.
Amelie schaut mich an.

Sie wird doch so etwas nicht etwa glauben? Mein intelligentes Mädchen?
»Amelie, glaub einer alten Frau: Ich habe schon mehrere solche vorhergesagten Weltuntergänge locker überlebt. Wir werden auch diesen überstehen, das verspreche ich dir.«
»Wie kannst du es versprechen?«, fragt sie vorwurfsvoll. »Hast du alle diese Theorien studiert? Maya-Kalender, Sonnenstürme, Nostradamus, die Hopi-Indianer …«
Gleich kommt wieder der Vorwurf, ich würde sie nicht ernst nehmen.
»Du nimmst mich gar nicht ernst!«
Wusste ichs doch.
Manchmal ist es verdammt schwierig, seine Kinder ernst zu nehmen. Ich gebe mir Mühe.
»Was würdest du denn tun, wenn du sicher wüsstest, dass am 21. Dezember die Welt untergeht?«, frage ich Amelie.
Sie überlegt nicht lange: »Ich würde sicher die Schule schwänzen. Und vielleicht versuchen, möglichst viel Zeit mit Familie und Freunden zu verbringen.«
Gott, wie vernünftig sie ist, meine Tochter!
Was hätte ich wohl in ihrem Alter gesagt? *Ich würde von zu Hause abhauen und per Anhalter nach Paris fahren. – Ich würde Peter, in den ich seit Wochen verliebt bin, einen Brief schreiben. – Ich würde mich schminken und stylen und jede Nacht in den Discos abtanzen bis zum Umfallen. – Ich würde eine Bank überfallen und mir endlich eine elektrische Gitarre kaufen …* Etwas in dieser Art.
Waren wir wilder oder kindischer, als wir sechzehn waren? Manchmal ist es beängstigend, wie ernst und wie reif meine Töchter wirken, besonders Amelie, die Stille. Aber nur manchmal.
»Und du, Mama: Was würdest du wirklich tun? Was würdest du bedauern, nicht getan zu haben?«

Ihre tiefblauen Augen bohren sich in meine. Sie möchte eine ehrliche Antwort, nicht bloß etwas Dahergesagtes.
Diese kann ich ihr aber nicht geben. Ich bin nämlich durchaus glücklich mit meinem Leben. Gut, ich habe meinen Job verloren. Aber in den letzten Monaten war das absehbar, und die miese Stimmung in unserer Abteilung war kaum mehr auszuhalten. Und ich bin in der glücklichen Situation, mir keinen Stress machen zu müssen mit der Stellensuche. Ich werde wieder etwas finden. Und ja, Irene geht mir manchmal ziemlich auf den Geist. Ich wünschte mir ab und zu, wir würden nicht zusammenwohnen. Was ich in der Tat bedauere, ist, dass Paul und ich uns in den letzten Jahren auseinandergelebt haben. Es wird mir Tag für Tag mehr bewusst. Ich möchte gern versuchen, das wieder zu ändern. Der Weltuntergang wäre mir dabei im Weg.
»Ich bin eigentlich glücklich, aber ich möchte schon noch ein paar Dinge erleben. Dieses Jahr möchte ich wieder mit Papa auf den Silvesterball gehen. Ich hätte wirklich keine Lust auf einen Weltuntergang«, sage ich schließlich halbherzig.
Es tut mir leid, aber ich kann meiner Tochter gegenüber nicht immer komplett offen und aufrichtig sein.
Ich glaube, sie spürt das. Ihr skeptischer Blick lässt mich ganz verlegen werden. Sie klappt den Laptop zu.
»Ihr vergesst doch nicht unseren Elternabend morgen?«, sagt sie streng und geht in ihr Zimmer.
Bald höre ich ihre Geigenübungen, Tonleitern und Arpeggien über drei Oktaven. Amelie möchte einmal Musik studieren, und bei ihrem Fleiß und ihrer Ernsthaftigkeit halte ich das durchaus für möglich.

4

Es ist Elternabend, und Paul geht nicht hin. So läuft das bei uns. Er hat immer einen total wichtigen Termin. Das bringt er jeweils richtig glaubhaft rüber. Ich vermute, alle in seiner Firma sind eingeweiht und arbeiten an seinem Alibi mit.

Schon als die Mädchen in der Primarschule waren, machten Elternabende keinen Spaß. Da kannte ich aber noch viele Eltern, und wir machten das Beste aus dem Anlass, gingen manchmal hinterher noch gemeinsam in eine Kneipe. Aber jetzt, auf dem Gymnasium, hat das Ganze gar keinen Unterhaltungswert mehr. Ich kenne die anderen Eltern nicht oder würde sie gern nicht kennen. Mein Frauenarzt ist dort und ein ehemaliger Lehrer von mir. Wenn ich anschließend heimgehe, denke ich jedes Mal, dass es vertane Zeit war. Ernstliche Schulprobleme würde man sowieso in Gesprächen unter vier Augen klären. Hier geht es bloß um Organisatorisches, Grundsätzliches. Ein paar Eltern lieben die Auftritte vor Publikum und spielen sich auf. Sie bringen irgendwelche Beschwerden, die man auch im persönlichen Gespräch regeln könnte, lieber vor versammelter Gesellschaft vor.

Ich hasse es, allein auf Elternabende zu gehen. Ich komme mir vor wie eine Alleinerziehende und werde eigenartig gemustert. Bilde ich mir zumindest ein.

Diesmal wird es wider Erwarten recht spannend. Nachdem die üblichen Themen bezüglich Schulverlegung, Schulstressbewältigung, Notendurchschnitt erledigt sind, ergreift die Frau meines Gynäkologen das Wort: »Immer wieder wird betont, wie viel Schulstoff unsere Kinder zu bewältigen hätten. Da wundert es mich doch umso mehr, wie man während der Unterrichtszeit so viel über Weihnachten diskutieren kann. Ja, sogar der Weltuntergang wurde thematisiert.«

Ganz rot ist sie im Gesicht geworden vor Eifer, die Gute.

Schon schießt eine andere Frau in die Höhe und doppelt nach: »Diskutieren ist eine Sache. Aber hier wurde sogar das Weihnachtsfest an sich angezweifelt. Man hat über eine mögliche Abschaffung abgestimmt. Wo leben wir denn eigentlich? Werden an dieser Schule gar keine christlichen Werte mehr vermittelt?«

Sie blickt in die Runde, Beifall heischend, und bekommt ihn tatsächlich.

Jetzt kommt mein ehemaliger Lehrer zu Wort: »Nicht einmal mehr ein Weihnachtskonzert steht auf dem Programm. Ich glaube, das gab es an dieser Schule überhaupt noch nie!«

Und seine Frau ergänzt: »Meine Tochter hat mir einen Kalender gezeigt. Heute sind es nur noch 22 Tage bis zum Weltuntergang.«

Der Klassenlehrer sieht aus, als hätte er den Weltuntergang am liebsten gleich hier und jetzt. Der junge Mann ist ziemlich blass geworden.

Aber der Schulleiter, ein stämmiger Mittfünfziger, der schon tausend Elternabende erfolgreich gemeistert hat, stellt sich vor ihn: »Bitte, bitte, keine Aufregung. Wir wollen doch die Kirche im Dorf lassen!«

»Ja, ja, die Kirche im Dorf lassen, aber Weihnachten abschaffen!«, keift eine Dame von ganz hinten.

Sie spuckt ein wenig beim Reden, so sehr strengt sie sich an, auch in der vordersten Reihe gut verstanden zu werden.

Ich sitze nur da und beobachte das Spektakel. Ja, ich hatte mich auch über den Umgang mit der Thematik gewundert. Aber hier scheint es mir nicht in erster Linie um ein ernsthaftes Gespräch mit dem Klassenlehrer und die Suche nach Erklärungen zu gehen, sondern vielmehr darum, dass alle fröhlich mitmachen, sobald einer sich traut aufzumucken.

»Was haben Sie eigentlich gegen Weihnachten, Herr Müller?«, will der Frauenarzt jetzt vom Klassenlehrer wissen.

Dieser hat sich wieder etwas gefasst, bittet um Ruhe und erklärt dann: »Es tut mir leid, dass sich Ihre Gemüter derart erhitzen. Ich fand die Idee großartig, in Englisch und Französisch auch zeitgemäße Themen zu diskutieren. Es ging darum, die Schüler für ein Thema so zu begeistern, dass sie auch bereit sind zu reden, und ihre Hemmungen vor der Fremdsprache vergessen. Weihnachten eignete sich hervorragend. Da konnte jeder mitreden. Es ist ja nicht der Fall, dass wir wertvolle Schulzeit vertun würden. Nein, wir haben intensiv Englisch und Französisch mündlich trainiert.«

Die haben auf Englisch und auf Französisch diskutiert? Wow. Ich bin beeindruckt. Das hatten mir meine Mädchen nicht erzählt. Es ist jetzt schon ein wenig ruhiger im Klassenzimmer.

»Aber trotzdem…«, meldet sich wieder die Frau des Arztes zu Wort, »… Sie haben über Weihnachten abstimmen lassen!« Sie spuckt ihm den Satz praktisch vor die Füße.

Inzwischen beginnt der Klassenlehrer, ein paar Blätter zu verteilen, und meint: »Sie regen sich darüber auf, dass wir diskutiert und abgestimmt haben. Sollte es Ihnen nicht viel mehr zu denken geben, wie knapp zum Beispiel diese – gar nicht so ernst gemeinte – Abstimmung ausgegangen ist? Sollten wir nicht die Aussagen unserer Kinder zur Kenntnis nehmen und darüber nachdenken?«

Auch der Schulleiter mischt sich wieder ein: »Wir haben uns jedenfalls sehr viele Gedanken gemacht. Wir waren schockiert. Wir haben beschlossen, einfach mal ein Jahr auf die Weihnachts-

beleuchtung zu verzichten. Es leuchtet ja sonst überall genug. Und ja, wir haben beschlossen, statt des Schulkonzerts in der Vorweihnachtszeit, wo ohnehin überall viele Veranstaltungen stattfinden, im Februar ein lustiges Konzert mit Theater zu veranstalten.«
»Ja, aber das geht doch nicht!«, sagt mein ehemaliger Lehrer.
»Das Leben ist eben kein Wunschkonzert!«, meint die Frau des Frauenarztes leicht eingeschnappt.
Allgemeines Gemurmel.
Da stehe ich auf. Es überkommt mich irgendwie. Ich habe nicht drüber nachgedacht. Ich kann einfach nicht anders. Ein spontaner Mutanfall.
Laut und deutlich sage ich: »Ich finde diese Entscheidung sehr gut. Danke.«
Dann setze ich mich wieder.
Ich werde wohl meinen Frauenarzt wechseln müssen... Dafür habe ich jetzt beim Klassenlehrer Müller einen Stein im Brett.
Er erklärt: »Auf den ausgeteilten Blättern sehen Sie eine Zusammenfassung unserer Weihnachtsdiskussionen. In Englisch und Französisch. Das war sozusagen die Abschlussarbeit dieser Thematik.«
Wir könnten die Blätter gerne mit nach Hause nehmen.
»Lesen Sie das alles mit offenem Herzen. Mich hat am meisten getroffen, dass fast alle Kinder das Fest völlig anders feiern möchten, als es tatsächlich in ihren Familien gemacht wird. Fast alle fühlen sich durch Weihnachten gestresst, spüren auch keine gute Stimmung zu Hause.«
Das sei doch wirklich traurig. Dann verabschiedet er uns mit einem »Fröhliche Weihnachten!«.
Der Schulleiter doppelt nach: »Fröhliche Weihnachten!«
Beim Herausgehen schimpft mein Frauenarzt, dass es sicher nicht so weit komme, dass er sich von der Schule vorschreiben lasse, wie

er Weihnachten zu feiern habe. An seinem Fest werde er auf keinen Fall etwas ändern.

Fröhliche Weihnachten …

5

»War was Besonderes am Elternabend?«, fragt Paul am nächsten Morgen beim Frühstück. »Habe ich etwas verpasst? Hat man über die Anschaffung von neuen Zimmerpflanzen diskutiert?«
Es ist nur eine rhetorische Frage, denn mein Mann liest gerade die Zeitung und möchte sicher höchstens durch einen Weltuntergang gestört werden. Der kommt allerdings erst in 21 Tagen …
»Nur das Übliche«, sage ich und streiche mir Honig aufs Brötchen. Aber das Flämmchen des Widerstandes wurde gestern gestärkt. Ich weiß genau, was ich zu tun habe.

Onkel Leo ist ein unmöglicher Mensch, unsympathisch und widerlich. Seine rassistischen und sexistischen Sprüche haben mich schon immer geärgert. Die Kinder haben recht: Nicht jeder Mensch verdient automatisch unsere Zuneigung und unseren Respekt. Die Zahl der Lebensjahre macht einen Menschen nicht unbedingt besser.
Ich fühle mich nicht einmal mit ihm verwandt. Um es genau zu nehmen: Er ist Pauls Onkel, nicht meiner. Zudem angeheiratet: Leo hat die Schwester von Irene geheiratet. Diese Tante ist vor zehn Jahren verstorben. Nach seiner Pensionierung hat Leo sich

vor allem in Asien aufgehalten. Ich will gar nicht wissen, was er da getrieben hat. Als er gebrechlich wurde, kam er wieder heim. Jetzt ist er seit drei Jahren im Altersheim. Ich habe ihm zwar beim Umzug geholfen, besucht habe ich ihn dort jedoch nie. Er kam ja ab und zu bei Irene vorbei, das hat mir immer völlig gereicht. Und eben die gemeinsamen Weihnachtsfeste …
Aber das soll sich jetzt ändern.
Ich fahre mit dem Bus nach Steinen und bereite in Gedanken meine Rede vor. Ja, ich werde Leo im Altersheim besuchen und ihm klarmachen, dass ich ihn an diesem Weihnachtsfest nicht sehen möchte. Eine heikle Mission. Gibt es höfliche Worte, um zu sagen: »Bleib gefälligst meinen Töchtern fern!«?

Das Heim am Dorfrand von Steinen steht sehr abgelegen auf einer Wiese. Die Zimmer bieten einen schönen Blick auf den Lauerzersee, das hat Leo immer gefreut. Mir selber kommt es ein wenig so vor, als hätte man die alten Leute abgeschoben, an den äußersten Rand des Dorfes.
Ich gehe auf das Haus zu und werde zunehmend nervös. Tue ich das Richtige? Finde ich die passenden Worte? Wird es eine schlimme Szene geben?
Ein eisiger Wind faucht mich an. Ich ziehe die Mütze tiefer ins Gesicht. Jetzt hält mich nichts mehr auf. Die Löwenmutter bläst zum Kampf.

Ich melde mich beim Eingang. Wer weiß, ob Onkel Leo noch im gleichen Zimmer wohnt.
Tut er. Gut, das werde ich finden. Dritter Stock. Zimmer sieben. Fünf, sechs, sieben … Da ist es.
Mein Herz klopft. Ich stehe einen Moment vor der Zimmertür und höre drinnen einen Mann herumschreien.

Mutig klopfe ich trotzdem an die Tür, und eine dünne Stimme ruft mich herein. Was ich sehe, trifft mich unerwartet.
Ist das Leo?
Ich bin schockiert. In einem Gitterbett liegt ein mageres Männchen mit großen, wachen Augen. Die wenigen Haare stehen wild von seinem Kopf ab. Ich habe mich noch nicht von Leos Anblick erholt, da zischt etwas an mir vorbei.
Peng!
Er hat mit einer Pillendose nach mir geworfen! Sie prallt an die Wand neben der Tür, und die gelben Tabletten rollen über den Boden. Gut, dass er nicht zu treffen weiß. Dabei habe ich noch keinen Pieps gesagt.
Spinnt der? Ich bin fassungslos.
Aber es kommt noch schlimmer, Leo fängt an zu keifen: »Schwester! Da ist schon wieder eine Frau! Ich kenne sie nicht. Sie soll gehen. Ich will keinen Besuch. Schwester!«
Ich stehe da, sprachlos, bewegungslos.
Was habe ich erwartet? Dass Leo in seinem Lieblingssessel sitzt, mit hochgelegten Beinen, Zeitung liest und Marschmusik hört? Schöne, kuschelige Altersheimidylle?
Ja. Eigentlich genau das.
Aber ich stehe hier im Zimmer eines kranken, verwirrten Mannes. Ich werde ihm auf keinen Fall sagen können, was ich wollte. Er würde es nicht verstehen.
Der Mann, der bisher auf Leos Nachbarbett gelegen hat, steht auf, humpelt auf mich zu, nimmt mich am Arm und führt mich in den Gang hinaus.
Leo schimpft und flucht uns hinterher: »Ja, ja, geht nur alle! Ich brauche keinen, ich will nur meine Ruhe!«
Leos Zimmernachbar scheint ganz munter zu sein. Der hat sich ja eine nette Gesellschaft angelacht auf seine letzten Tage.

»Ich heiße Viktor«, sagt er und reicht mir höflich die Hand.
Auch ich nenne meinen Namen und lächle, wohl etwas gequält.
»Er ist nicht immer so«, beruhigt mich der alte Mann. »Manchmal liegt er auch einfach da und starrt an die Decke. Und dann schläft er wieder stundenlang.«
Ob er denn manchmal auch normal ansprechbar sei, frage ich.
»Selten. Ganz selten«, sagt Viktor und schüttelt traurig den Kopf. Besuch bekomme er kaum noch. Irene schaue einmal im Monat kurz vorbei. Sie werde aber auch oft beschimpft und mit Gegenständen beworfen.
Oh. Das trifft mich jetzt doch irgendwie.
»Wie halten Sie das bloß aus?«, wage ich zu fragen.
Viktor zuckt mit den Achseln.
»Mir geht es gut. Ich kann das Zimmer verlassen.«
Ja, das wird er wohl öfter tun müssen.
Schlimm.
Ich bin mit viel Groll hierhergekommen. Der ist jetzt in sich zusammengefallen. Er tut mir leid, dieser magere Leo, der mit der Welt nicht mehr zurechtkommt. Und Viktor erst, er muss ihn Tag für Tag ertragen. Was für ein Leben!

»Sonja, bist du das?«
Ich drehe mich um und sehe eine Krankenschwester am Ende des Ganges. Wer…? Ich gucke genauer hin, und dann erkenne ich sie. Was für eine erfreuliche Überraschung: Ich treffe hier eine ehemalige Schulkameradin!
»Monika? Meine Güte, wie ewig ist das denn her! Schön, dich zu sehen.«
Wir begrüßen uns herzlich, und nachdem ich zunächst wie perplex war, kommen wir ins Gespräch. Monika leitet die Station, erzählt sie mir. Ich hatte sie aus den Augen verloren, als sie für viele

Jahre in einem afrikanischen Hilfswerk tätig war. Ich mustere sie unauffällig. Sie hat schon ein paar graue Haare bekommen und ein paar Kilos mehr auf den Hüften, aber davon abgesehen lacht sie immer noch so fröhlich wie früher in die Welt. Als ich ihr sage, dass Leo mein Onkel ist, wundert sie sich, und ich komme mir schlecht vor. Schließlich habe ich ihn nie besucht.

Monika nimmt das gelassen.

»Leo ist kein einfacher Patient«, vertraut sie mir an, »eher eine Herausforderung für alle Pflegekräfte.« Ein gutes Wort habe noch keine von ihm gehört, gibt sie sofort zu. Trotzdem bekomme er natürlich eine gute Pflege, das sei nun mal ihr Job. Sie meint im Übrigen, er könne noch Jahre so weiterleben. Er sei bloß dement und schwach, ansonsten nicht wirklich krank.

»Manchmal ist er etwas aggressiv. Dann wirft er mit Gegenständen. Aber er trifft selten«, lacht sie.

Ich bewundere sie für diesen harten Job. Eine ehrenwerte, sinnvolle Arbeit.

»Es ist manchmal schwer. Man hat immer mit dem Sterben zu tun. Und mit Leiden, Trauer, Schmerz. Aber wir können dafür täglich viel Gutes tun.«

Es bilden sich ein paar tiefe Falten in ihrem Gesicht, während sie das sagt. Dies dauert indessen nur einen flüchtigen Moment lang, und schon lacht sie wieder.

Monika wirkt stark und gefestigt. Sie sieht aus, als hätte sie diesem ganzen Elend sehr viel entgegenzusetzen. Ihre Frohnatur scheint nicht wirklich gelitten zu haben. Als sie schließlich wissen will, warum ich denn nun plötzlich hier aufgetaucht sei, vertraue ich mich ihr an. Nein, sie lacht mich nicht aus. Aber sie lacht.

»Diesen Weg hättest du dir sparen können. Er kann das Haus an Weihnachten sicher nicht verlassen.«

Monika muss weiter. Die Zeit sei in der Pflege ein kostbares Gut.

Aber es habe ihr gutgetan, mit mir zu reden.
Und mir erst!

Einerseits fahre ich nun erleichtert heimwärts. Eine Auseinandersetzung mit Leo gab es nicht. Aber ich bin natürlich andererseits bedrückt und nachdenklich. Ich habe dem Elend in die Augen gesehen.
Wie traurig, so seinen Lebensabend verbringen zu müssen!
Umso mehr sollten wir Gesunden jeden Tag unser Leben genießen, und umso mehr sollte es mir möglich sein, gemeinsam mit meiner Familie eine schöne Weihnachtszeit zu verbringen. Uns geht es ja dermaßen gut. Wie schnell man das vergisst.

Zu Hause leuchtet mir an der Hauswand der rostige Weihnachtsstern entgegen. Jedes fünfte Lämpchen ist kaputt. Die Tage des rostigen Sternenmonsters sind gezählt. Ich lächle vor mich hin, als ich die Tür zu unserem gemütlichen Heim aufschließe.
Alles wird gut. Jetzt glaube ich daran. Der erste Schritt ist getan.

6

Am ersten Advent hat Lilly morgens ein Tennisturnier. Längst will sie uns nicht mehr immer im Publikum haben. Dabei mochte ich diese Ausflüge und habe gern mitgefiebert, mitgelitten, angefeuert. Ich war ganz die strahlend-stolze Mutter, wenn Lilly ihre Gegnerinnen vom Platz gefegt hat, und notfalls habe ich sie auch gern getröstet.

Lilly hat heute auch ohne mich gut gespielt, wenn auch nicht gewonnen. Sie kann damit leben. Ich sowieso.
Am Nachmittag sind beide Mädchen weg. John Grisham liest in der Schule. Ich ginge auch gern hin, ehrlich. Lieber als zu Irene. Wir lesen seit Jahren alle gern Grisham-Krimis. Es hätte mich interessiert, was er über Weihnachten schreibt und denkt.

Nur noch 19 Tage bis zum Weltuntergang.

Irene, meine Schwiegermutter, ist völlig überrascht, als wir ohne die Zwillinge zum Adventskaffee kommen.
»Aber sie haben es dir gesagt«, wage ich einzuwenden.
»Ja, das schon. Ich dachte, ihr würdet sie noch zur Vernunft bringen«, antwortet Irene und schaut mich vorwurfsvoll an.
Asche, Asche, Asche …
Wir verleben dann doch einen recht angenehmen Nachmittag. Draußen ist es dunkel und nass. Wir trinken Kaffee und essen frisch gebackene Plätzchen. Auch ich genieße Irenes Kreationen, denn sie kann hervorragend backen. Ich greife vor allem bei den Zimtsternen zu. Die sollen bekanntlich das Gemüt aufhellen. Wie viele muss man wohl essen, damit die Wirkung einsetzt? Heute bräuchte ich dazu den Zimt wohl pur und intravenös.
Zwei riesige Dosen mit aufgemalten Engeln darf ich später mit hinunternehmen, gefüllt mit lauter verschiedenen Weihnachtsplätzchen. Amelie und Lilly werden sich freuen.
»Wenn du dich schon nicht aufraffen kannst, selber zu backen«, meint Irene leicht giftig, als sie mir die Dosen übereicht.
Warum sollte ich, wo sie es doch viel besser kann?
Wir hören gemeinsam alte Weihnachtsschallplatten, die alle ein wenig kratzen. Wir schauen uns Fotos aus halb zerfallenen Alben an und tauschen Erinnerungen aus. Wir geben uns Mühe, sind

nett zueinander, versuchen, einen gemütlichen Nachmittag miteinander zu verbringen.

Ich bin manchmal wirklich traurig über mein gestörtes Verhältnis zu Irene und umgekehrt. Schließlich habe ich selber keine Eltern mehr. Gern würde ich also eine Schwiegermutter in mein Herz schließen. Aber mit Irene werde ich wohl nie mehr warm. Ich habe bereits so viele Angriffe auf ihren Seelenpanzer unternommen: zwecklos. Ich weiß nicht einmal, ob es wirklich an mir liegt. Vielleicht mag sie mich sogar, nach all den Jahren, irgendwie, tief in ihrem Inneren, da, wo sie selber nicht mehr hinschaut. Selbst Paul hat ja keine besonders tiefe, liebevolle Beziehung zu ihr. Er kennt es nicht anders. Ich schon. Ich hatte eine warmherzige, fröhliche Mutter. Dazu einen verständnisvollen, intelligenten Vater. Wir hatten ein harmonisches Familienleben. Ich habe mich zwar viel mit meiner Schwester Corinne gestritten. Grundlos. Aber das hatte nichts zu bedeuten.

Eine glückliche Familie ist wie eine Insel, auf die man immer flüchten kann, wenn man auf dem Meer von einem Sturm überrascht wird. Und dieses Gefühl macht stark und unbesiegbar. Genau dieses Gefühl, diese Gewissheit wollte ich an meine Kinder weitergeben. Aber dazu gehört eben eine intakte Partnerschaft, ein unbelastetes Elternhaus.
Ich glaube, daran muss ich etwas arbeiten.

»Hast du mich für die Silvestergala angemeldet?«, frage ich meinen Ehemann am Abend.
Er brummelt etwas vor sich hin und verschanzt sich hinter der Sonntagszeitung.
»Hast du?«, bleibe ich hartnäckig am Ball.

Ich will ein Zeichen setzen. Wir werden gemeinsam in das neue Jahr tanzen, wie in früheren Jahren, und uns nicht immer weiter voneinander entfernen. Das sind meine Vorsätze.
Mein Mann organisiert jedes Jahr für seine Bank eine große, öffentliche Wohltätigkeits-Silvestergala. Früher war ich immer dabei. In den letzten Jahren nicht mehr. Einmal war ich krank, dann war etwas mit den Kindern, später blieb ich einfach daheim ... Das soll sich ändern.
»Wenn es dir so wichtig ist, werde ich es also tun. Ich dachte, es läge dir nicht viel daran.«
Von wegen!
»Mir ist es wichtig«, betone ich.
Sicherheitshalber. Auf mein hartnäckiges Nachfragen hin erzählt er mir sogar, was er für den Silvesterball schon gebucht hat. Schließlich ist das Fest ja sein Kind, und er ist an jeder Entscheidung beteiligt.
»Die Bruno-Bosshard-Band wird spielen. Eine richtig gute, vielseitige Tanzkapelle. Sie wird dir gefallen. Während des Essens spielt ein Pianist Klassik und Jazz. Das ist endlich mal eine gute Lösung. Sonst gab es doch immer Ärger, weil die Band zu laut spiele. Als Show-Act haben wir die Betty-Bossi-Singers bekommen. Das sind sechs witzige Sängerinnen mit viel komödiantischem Talent. In einer Bar werden wir erstmals einen Karaoke-Wettbewerb durchführen.«
Paul hat seine Zeitung vergessen, und wir reden und diskutieren. Dabei lehne ich mich an ihn.
»Ich werde mir ein schönes Kleid kaufen«, erkläre ich. »Deine Kreditkarte wird glühen.«
Paul lacht nur und legt seinen Arm um mich. Geld war bei uns noch nie ein Streitthema.

Hoffentlich vergeht ihm das Lachen nicht. Mir selber wird es am Montag schon etwas mulmig. Ich bin bei Corinne in Luzern. Meine ältere Schwester führt hier eine kleine, erfolgreiche Boutique. Ich besuche sie mindestens einmal im Monat. Es sind jeweils teure Besuche, denn Corinne weiß, was mir steht und was mir gefällt, und legt oft speziell für mich etwas zur Seite. Ihre Kleider sind atemberaubend, die Preisschilder auch. Aber diesmal will ich in erster Linie schön sein, koste es, was es wolle.

Corinne selber ist immer schön. Das ist Teil ihres Jobs, aber sie wirkt auch in Jeans und Turnschuhen immer beneidenswert grazil und elegant. Das hat man – oder eben nicht. Heute trägt sie ein einfaches, sackartiges, mausgraues Strickkleid, das manche Frau völlig verunstalten würde; sie sieht darin hinreißend aus.

»Ich habe etwas für dich!«, sagt sie sofort, kaum dass sie mich begrüßt hat.

Sie schubst mich in die Umkleidekabine: »Zieh dich schon mal aus.«

Sie ist ganz aufgeregt, und ich hoffe nur, dass sich ihre Aufregung lohnt. Ich möchte sie nicht enttäuschen, aber ich will das perfekte Kleid finden, eines ohne Bling-Bling und Schnickschnack, das trotzdem umwerfend ist. Aber eigentlich sollte sie mich ja kennen.

»Hier!«, sagt sie, und innerlich schmettert sie wohl gerade einen Tusch, als sie mir das Kleid in die Kabine reicht.

»Oh!«

Jetzt werde auch ich aufgeregt. Mein Herz klopft laut, als ich die nachtblaue Robe überziehe. Corinne hilft mir mit dem Reißverschluss, zupft und zieht und richtet da und dort.

»Dreh dich mal!«, befiehlt sie.

Ich drehe mich vor der Spiegelwand im Laden, und ich weiß: Dieses Kleid muss es sein. Es besteht aus einem Korsagenoberteil und

einem langen Rock aus feinem Tüll. Dazu gehört ein Chiffonschal, der meine Oberarme verhüllt. Das Kleid passt wie angegossen und ist bezaubernd. Ich fühle mich darin in meine Kindheit zurückversetzt: Damals habe ich gern Prinzessin gespielt.
Paul wird stolz auf mich sein. Auch Corinnes Augen glänzen vor Stolz und Freude. Sie lässt mich ein paarmal im Laden auf und ab gehen. Ich schreite und schreite daher und bin ein anderer Mensch.
»Ihr müsst unbedingt Fotos machen, bevor ihr weggeht. Versprich mir das, Principessa!«
Das verspreche ich ihr gern.
Principessa, so hat mich Paul früher genannt. Es war eine Anspielung auf meine Spiele in der Kindheit, von denen ich ihm in einer schwachen Minute einmal erzählt hatte.
Es wird Zeit, dass er mich mal wieder als Prinzessin sieht.
»Was ist los?«, fragt Corinne, die mich wie kein anderer Mensch durchschaut. »Hast du Sorgen?«
»Nein, nein. Nur ein paar Vorsätze fürs neue Jahr. Und den üblichen Weihnachtsblues.«
Corinne lacht auf. Sie hat nämlich ihre eigene Weihnachtstradition: Meine Schwester verreist über Weihnachten auf die Malediven. Gemeinsam mit ihrem langjährigen Lebenspartner verbringt sie die Festtage meist unter Wasser, taucht und schnorchelt und bekommt von der Hektik über Wasser gar nicht viel mit.
Auch eine Strategie: abhauen, abtauchen.
Jedes Jahr beneide ich Corinne um diese Reise. Und sie lacht mich immer nur aus.
»Ich beneide dich das ganze Jahr über um dein Leben, also kann es dir wenigstens über die Festtage auch mal so gehen. Das ist das Mindeste«, gibt sie zurück.
Sie hat ja recht: Ich habe so viel. Meine Schwester kann keine Kinder bekommen und leidet heute noch darunter. Sie ist die perfekte

Patentante für meine Zwillinge, wäre aber lieber selber Mutter. Meist ist mir durchaus klar, wie gut es mir geht.
Trotzdem.
»Es ist erlösend, einfach abzuhauen. Das würde euch auch mal guttun«, schlägt sie vor.
Als könnten wir Irene allein lassen und etwa als Familie über die Festtage in die Skiferien fahren!
»Der Geschenketerror, die Schlacht um den richtigen Christbaum, die Planung der Familieneinladungen, die üblichen Familiendramen, das Schlangestehen in den Geschäften ... alles findet nicht statt. Stattdessen Wärme, Wind, Wasser und Wonne. Vor allem Wonne.«
Sie kommt richtig ins Schwärmen, meine liebe Corinne. Und ich mag es ihr ja von Herzen gönnen, dass sie immer so eine wunderbare Zeit auf den Malediven hat. Ich weiß, dass es ihr manchmal wehtut, mein Familienglück mitanzusehen. Trotzdem ist sie großzügig und mitfühlend und viel mehr als nur eine Schwester: eine richtige Freundin. Ich glaube, dass keine Freundin der Welt eine Schwester ersetzen kann. Manchmal gehen Freundschaften auseinander, niemals aber Familienbande. Jedenfalls nicht unsere.
»Ich trage zwei Wochen lang keine Schuhe, bloß Flipflops und Flossen. Zum Abendessen gibt es frischen Fisch und anschließend Party unter Palmen. Eine absolut weihnachtsmannfreie Zone.«
Ja, ich weiß, sie könnte stundenlang weiterschwärmen. Aber sie weiß, dass ich weiß, dass sie sofort mit mir tauschen würde.
»Du hast aber mitgekriegt, dass am 21. Dezember die Welt untergeht?«, wage ich einzuwenden.
Sie erwidert leichthin: »Oh, schade, da bin ich leider nicht da. Wir fliegen am 20. Dezember.«
»Es ist Weltuntergang, und Corinne geht nicht hin.«
Wir lachen beide.

7

»Sonja, wenn dein Mann noch ein Geschenk für dich sucht: Sag ihm, er soll mich anrufen. Ich hätte eine traumhafte Halskette zum Kleid, aber die zeige ich dir nicht«, sagt Corinne beim gemeinsamen Kaffeetrinken.
»Da wird sich Paul bestimmt freuen. Ich kenne ihn doch. Sonst muss am Ende seine Sekretärin wieder mein Weihnachtsgeschenk aussuchen«, antworte ich.

Geschenke.
Ein besonderes Thema vor Weihnachten.
Seufz.
Megaseufz.
So würden es zumindest meine Töchter ausdrücken.
»Was für ein Geschenkeberg jedes Jahr! Jeder beschenkt jeden, liebevoll oder gleichgültig, ob freudig inspiriert oder völlig ideenlos. Geschenkt muss werden«, schimpft Corinne, die ja selbst vom Weihnachtsgeschäft profitiert.
Aber sie hat recht.
Allerdings kann ich mich nicht ernsthaft über den hysterischen Rummel in den Geschäften beklagen, wenn ich mich selber alljährlich ins Gewühl stürze und viel zu lange herumstöbere, um das richtige Geschenk für das richtige Familienmitglied zu finden.
»Warum hört ihr nicht einfach mit dem Schenken auf? Die Kinder sind doch bald gar keine Kinder mehr«, fragt Corinne forsch.

Darüber habe ich auch schon nachgedacht. Trotzdem schüttle ich meinen Kopf und erwidere: »Ich betrachte mich zwar als modern und aufgeschlossen. Aber konsequent zu sein, und einfach ganz auf Geschenke zu verzichten, das würde ich nie schaffen. Und wenn ich Familien beobachte, die dies gemeinsam beschlossen haben, muss ich oft lächeln, weil dann doch im letzten Moment Geschenke hin- und hergeschoben werden. Oder weil es dann doch irgendwie lange Gesichter gibt, wenn sich tatsächlich alle daran halten.«
Weil ich natürlich daran denke, was die Zwillinge erzählt haben: Wenn die Geschenke nicht wären, hätten fast alle dafür gestimmt, Weihnachten abzuschaffen.
Verrückt!
Weihnachten abschaffen!
Auch Corinne ist ziemlich schockiert, als ich ihr davon erzähle. Aber sie fasst sich schnell wieder und meint: »Gewiss könnte man den Ursprung des Festes, nämlich die Geburt Christi, auch mit einem schönen Gottesdienst feiern. Ein bisschen Weihrauch, ein paar Kerzen, schöne Lieder und fertig. Man könnte das Drumherum abschaffen. Rein theoretisch. Deswegen hätte man Weihnachten ja nicht abgeschafft.«
Da kann ich nur zustimmen.
»Nur wäre das verdammt schlecht für mein Geschäft. Ich müsste dann vielleicht eine Woche früher von den Malediven heimfliegen«, denkt sie laut weiter.
»Es müsste wirklich nicht von jedem Haus in allen Farben blinken. Es müssten nicht Rentiere in den Gärten und aufgeblasene Weihnachtsmänner auf den Dächern stehen. Das ist ja kein Gebot. Den ganzen Rummel haben wir selber nach und nach auf dieses religiöse Fest draufgepackt.«
Wenn Corinne und ich Kaffee trinken und plaudern, kann das

stundenlang dauern. Wir kommen auf das Thema Geschenke zurück.
»Geschenke sind oft Glückssache«, findet Corinne, »manchmal auch Unglückssache. Erinnerst du dich, als du mir vor fünf Jahren Malutensilien geschenkt hast, bloß weil ich irgendwann geäußert hatte, ich würde gern malen können. Malen können! Nicht malen wollen!«
Heute können wir darüber lachen. Wir schenken uns jetzt nichts mehr.
»Und seither passe ich immer wahnsinnig auf, was ich vor Weihnachten so nebenbei von mir gebe. Was war denn bisher dein schlimmstes Weihnachtsgeschenk?«, will sie wissen.
Ich muss gar nicht lange überlegen.
»Paul schenkte mir vor ein paar Jahren ein unmögliches Parfüm, und da ich ihn nicht verletzen wollte, tat ich ganz begeistert. Im Jahr darauf bekam ich eine doppelt so große Flasche vom gleichen Duft. Er war vielleicht modern, frisch und fruchtig, aber ich bevorzuge nun mal alte, schwere, süße Düfte. Ich habe das Parfüm dann als Raumspray im Badezimmer verwendet und viele Komplimente dafür bekommen.«
»Und du bekommst das Parfüm immer noch jedes Jahr?«, will meine neugierige Schwester wissen.
»Nein. Ich habe einmal erwähnt, ich würde es einfach nicht mehr riechen, weil ich mich so daran gewöhnt hätte. Das sei wirklich schade. Ich hätte gar keine Lust mehr auf Düfte.«
Frauen sind ja so einfallsreich, wenn es sein muss.
»Corinne, erinnerst du dich noch an meine Schlafanzüge?«
Sie lacht und weiß sofort Bescheid. Als Kind waren die Geschenke meiner Patentante in unserer Familie sogar ein Running Gag: Sie kam nie zu Besuch, lebte in Frankreich und wusste nicht, dass ich sehr klein war. Jedes Jahr bekam ich einen Schlafanzug, und zwar

in der Größe, die in meinem Alter hätte passen sollen. Theoretisch. Praktisch ging ich regelmäßig in den Riesendingern unter und habe sie gehasst. Nicht die Patentante, sondern diese viel zu großen Schlafanzüge. Damals hätte ich gern alle Pyjamas der Welt gegen eine Gitarre getauscht.
»Tja, Weihnachten ist wie das Leben: Viele Wünsche bleiben unerfüllt«, bemerkt Corinne. Sie klingt ein wenig traurig.
Um sie abzulenken, erzähle ich nun munter von Irene: »Meine Schwiegermutter schenkt mir jedes Jahr irgendetwas extrem Nützliches für den Haushalt. Von der Schubladen-Ordnungsbox für Socken über den Abflussstöpsel mit Smiley-Aufdruck bis zum zehnteiligen Türhakenset als Aufhängeeinrichtung habe ich schon ziemlich alles Mögliche und Unmögliche von ihr bekommen.«
Corinne erwidert: »Wahrscheinlich sind diese Geschenke sogar ein Zeichen der Liebe. Sie schenkt dir Dinge, die sie selber wertvoll und nützlich findet und in ihrem Haushalt verwendet. Vielleicht kommen sie nur bei dir falsch an, weil du ihren Wert nicht erkennst, du Banause. Aus dir wird nie eine richtige Hausfrau.«
Möglich.
Asche, Asche, Asche …
»Für die Mädchen kann ich diesmal die Geschenke im Internet bestellen. Sie wollen beide einen E-Book-Reader«, plaudere ich weiter. »Du weißt, wir sind Leseratten, und Bücher wird es in unserem Hause auch weiterhin geben. Trotzdem sehe ich auch die Vorteile eines solchen Readers: So ein kleines Leichtgewicht kann massenhaft Bücher laden. Man kann eine ganze Bibliothek in der Handtasche mitführen. Fantastisch! Und ich werde noch ein paar Gutscheine für die ersten E-Books dazukaufen.«
Jetzt stürmen ein paar Kundinnen in Corinnes Geschäft. Sie sehen kauffreudig und finanzkräftig aus. Also verabschiede ich mich schnell mit einer kurzen Umarmung von meiner Schwester.

»Es gibt auch auf den Malediven Internet. Also schreib mal«, fordert sie mich auf. »Du darfst auch ruhig bei mir über Weihnachten jammern, wenn ich dir ein paar Fotos von Sonnenuntergängen über dem Meer schicken darf.«
Ich gebe ihr einen liebevollen Klaps und gehe lachend davon.

Paul macht es mir jedes Jahr leicht: Er schreibt eine Bücherwunschliste. Und ich halte mich daran. In Luzern steht meine Lieblingsbuchhandlung, Stocker. Ich spaziere durch die Altstadt auf das Geschäft zu. Vor meinem geistigen Auge schreite ich in meiner nachtblauen Robe über die Pflastersteine, mein blondes Haar kunstvoll frisiert. Prinzessin Sonja. Corinne wird mir das Kleid in einer schönen, großen Schachtel schicken, sorgfältig verpackt. Sie wollte es mir nicht in den Zug mitgeben.
Aus allen Schaufenstern schreit mir Weihnachten entgegen.
Eine einzige Aufforderung: Leute, kauft, kauft, kauft!
Ein leichter Nieselregen verdirbt mir meinen Schaufensterbummel. Der Wind, der durch die Gassen zieht, ist eisig und schmerzt, auch wenn ich meinen Schal ins Gesicht ziehe. Die Menschen gehen zielstrebig und mit angestrengten Mienen ihren Weg. Ein Straßenmusiker haucht in seine gefrorenen Hände, nimmt dann die Gitarre und spielt und singt unerschrocken weiter. Seine rote Nase läuft.
Im Buchhaus Stocker ist es warm und trocken. In der Luft liegt ein klebriger Soundteppich mit Weihnachtsmusik. Trotzdem fühle ich mich wohl. Bücher begeistern mich. Paul ist genauso.
Ich versuche, mich auf Pauls Wunschliste zu konzentrieren, denn überall lachen mich Bücher an, die mich interessieren würden. Aber weil ich mit dem Zug nach Luzern gekommen bin, ist es mir nicht möglich, beliebig viele Bücher heimzuschleppen. Ich kaufe also diszipliniert ein, belasse es weitgehend beim Durch-

blättern und Bestaunen der Bücherpracht und mache mich dann auf den Heimweg.

8

Noch 16 Tage bis zum Weltuntergang.

Da ich nicht wirklich damit rechne, packe ich Geschenke ein und bereite mich auf die Zeit danach vor: Weihnachten. Ich bin nicht sonderlich begabt im Umgang mit Glanzpapier und Schleifchen. Immerhin muss ich für Paul nur Bücher einpacken.
»Bücher, Bücher, Bücher …«, spottet Lilly, die gerade vom Training heimkommt und auf dem voll belegten Küchentisch eine Ecke sucht für ihren Tee und eine Banane. »Papa könnte doch auch langsam in der Neuzeit ankommen und sich einen Reader anschaffen.«
»Könnte er«, antworte ich, »muss er aber nicht.«
Ich mag es, Bücher anzufassen, anzuschauen, ja sogar zu riechen. Ich kann Paul verstehen.
»Was wünschst du dir eigentlich?«, fragt Lilly mich, nicht zum ersten Mal.
Soll ich ihr sagen, dass ich mir den Januar wünsche, und zwar sofort?
»Einen cremigen Badezusatz, die neue CD von Nena und die von Celine Dion …« Mehr fällt mir gerade nicht ein. »Ich bin doch wirklich kein schwieriger Fall«, lache ich Lilly aus. »Ich wüsste dafür gern, was man Irene schenken könnte.«

Lilly denkt kurz nach und erklärt dann: »Ich habe neulich gesehen, dass ihre Bratpfanne total zerkratzt ist. Das ist mega-ungesund. Wieso schenkst du ihr nicht eine neue?«
Ein Lächeln erhellt mein Gesicht. Ein breites, zufriedenes Lächeln.
Eine Bratpfanne!
Da wird sich meine Schwiegermutter bestimmt freuen!
Lilly beobachtet mich schweigend eine Weile beim Einpacken und meint dann: »Mama, du verwendest das hässlichste Geschenkpapier weit und breit.«
Stimmt.
Ich kann einfach nicht anders.
Wenn ich beim Einkaufen vor dem Regal mit dem Packpapier stehe und den ganzen grässlichen Kitsch sehe, greife ich immer in die Vollen. Wenn schon, denn schon.
»Was ist an diesen Engeln mit Harfen nicht in Ordnung? Und an den kleinen Hunden mit den großen Schleifen um den Hals?«, frage ich mit unschuldigem Blick.
Lilly schüttelt nur den Kopf über mich.
»Du weißt, Mama, dass wir seit zehn Jahren den gleichen Weihnachtswunsch haben, Amelie und ich, und ihr diesen jedes Jahr aufs Neue ignoriert? Nur, damit es nicht irgendwann heißt, wir hätte nie mehr was gesagt.«
Gut, das Geschenkpapier mit den Hunden hätte ich vielleicht nicht kaufen sollen…
»Lilly, bitte, nicht wieder dieses Thema. Sobald ihr eine eigene Wohnung habt, könnt ihr euch tausend Tiere anschaffen. Und glaub mir, das wird bald sein.«
»Du nimmst mich nicht ernst.«
Dieser Satz musste ja kommen.
Stimmt. Ihren Wunsch nach einem Hund will ich nicht ernst nehmen. Wer sollte denn auf das Tier aufpassen, wenn Paul und ich

arbeiten und die beiden in der Schule sind? Und an wem würde die Arbeit hängen bleiben, die ein Tier macht, wenn die erste Begeisterung verflogen ist? Ich bin so froh, dass Paul über Hunde denkt wie ich: Kommt nicht infrage!

Wir haben ja schon einen Wellensittich und zwei Hamster überlebt und nach vielen Dramen zu Grabe getragen. Das mit dem Wellensittich war der Hammer: Die Kinder waren auf Klassenfahrt, als er einfach von seiner Stange fiel. Also habe ich ihn begraben. Die Mädchen kamen heim, merkten nicht einmal, dass der Vogel fehlte. Sie hatten sich eh nie um ihn gekümmert und setzten immer voraus, dass ich ihn füttern und versorgen würde. Amelie und Lilly merkten erst nach einer geschlagenen Woche, dass der Vogel nicht mehr da war. Und dann kam das riesengroße Wehklagen. Paul und ich hatten allerdings nicht besonders viel Mitleid mit den Trauernden.
Auch die Hamster haben eine traurige Geschichte: Der eine wurde von einem Nachbarshund totgebissen. Er war im Garten, eingezäunt zwar, aber leider nicht zugedeckt. Der andere verschwand einfach, ebenfalls im Garten, auf Nimmerwiedersehen. Wir mussten stundenlang nach ihm suchen, und die Kinder hängten sogar Plakate auf im Viertel: Hamster vermisst. Wir bekamen zahlreiche Anrufe von Leuten, die uns zu gern ihren Hamster geschenkt hätten. Aber Paul und ich hatten genug und beschlossen: Keine Haustiere mehr!
Ja, meine Zwillinge sind manchmal unschlagbar, wenn sie zusammenhalten, aber auch Paul und ich können eine uneinnehmbare Festung bilden, wenn wir wollen.
Ich lächle in Erinnerung an all die Taktiken, die Amelie und Lilly sich ausdachten, um uns für einen Hund zu begeistern. Vor ein paar Jahren lebte fast einen Monat lang ein imaginärer Hund in

unserem Heim. Irene machte sich irgendwann Sorgen und fand, man müsse diese Störung vielleicht professionell abklären lassen. Die beiden sprachen mit dem Tier, zogen es hinter sich her, spielten mit ihm. Manchmal sah ich den Hund schon selber. Aber geholfen hat ihnen das Theater nicht.
Hier ist eine hundefreie Zone.
Und ob die Mädchen sich wirklich einmal einen Hund anschaffen werden, wenn sie eine eigene Wohnung haben und damit auch selber für ihn verantwortlich sind, ganz allein, das wage ich zu bezweifeln.

Am Abend sitzt auch Irene mit am Eichentisch. Es gibt Gemüsesuppe, Brot und Käse.
»Euer Onkel Leo wird dieses Jahr leider nicht zum Weihnachtsfest aus dem Heim kommen können«, erzählt meine Schwiegermutter plötzlich.
»Oh«, sage ich nur und denke mir meinen Teil.
Amelie und Lilly grinsen. Paul löffelt ungerührt seine Suppe.
»Tu nicht so überrascht«, stichelt Irene in meine Richtung. »Du warst doch erst gerade bei ihm.«
Jetzt schauen mich alle an. Sogar Paul unterbricht sein Löffeln.
»Stimmt«, sage ich leichthin. »Er wollte mich aber nicht sehen. Er hat eine Pillendose nach mir geworfen.«
Ich hatte bisher nicht über meine Begegnung mit Leo gesprochen, wollte sie eigentlich gar nicht erwähnen. Das Problem hatte sich ja erledigt. Das reichte mir.
»Sonja? Warum warst du denn bei Onkel Leo?«, fragt Paul verwundert.
»Nun, ich wollte mit ihm über Weihnachten sprechen«, antworte ich.
»Echt?«, fragt Lilly mit großen Augen.

Sicher kann sie sich vorstellen, was ich dort wollte.
»Und er hat dir eine Pillendose an den Kopf geworfen? Krass!«, kommentiert Amelie.
»Na ja, an den Kopf nicht direkt. Er wollte, aber er hat mich nicht getroffen.«
Auch von Irene ernte ich keine Schadenfreude. Sie ist froh, dass sie nun eine Leidensgenossin hat.
»Mich mag er auch nicht mehr sehen«, erklärt sie und schüttelt verständnislos den Kopf. Sie erzählt von ihren letzten Besuchen bei Leo und seinem Zustand. Dann präsentiert sie die nächste Überraschung: »Ich muss euch noch etwas sagen: Am zweiten Adventssonntag bin ich nicht hier. Es scheint euch ja eh nicht mehr so wichtig zu sein. Eine Freundin hat mich zu einer Wochenendreise auf den Weihnachtsmarkt von München eingeladen.«
Jetzt mache auch ich große Augen. Paul hustet, weil er sich an der Suppe verschluckt hat. Die Zwillinge grinsen.
»Aber …«, will Paul gerade protestieren.
Doch schon fällt ihm Lilly ins Wort: »Das ist eine gute Idee, Oma. Dort habt ihr sicher viel Spaß.«
Amelie nickt wacker dazu.
»Ach, und wenn wir eh dabei sind, Verschiedenes zu verändern: Könnten wir nicht über ein neues Menü an Weihnachten abstimmen? Es ist mir wirklich wichtig. Ich will kein fettes Zeug essen. Diese Gans widert mich schon lange an«, traut sich Lilly die Gunst der Stunde zu nutzen. »Wer ist für ein neues Menü?«, fragt sie in die Runde.
Die Mädchen strecken ihre Hand hoch. Ich schließe mich an.
»Die Mehrheit«, konstatiert Lilly. »Ich danke euch.«
Einen Moment lang ist es ganz still am Tisch. Ich höre die Küchenuhr ticken. Meinem Mann ist der Löffel auf dem Weg vom Teller zum Mund stehen geblieben.

Doch dann lacht Irene.
Sie lacht!?
»Aber wir werden jetzt nicht über Weihnachten an sich und über den Christbaum und über Geschenke abstimmen!«, erklärt sie gespielt streng. »Und wir werden nicht die Christmette auslassen und stattdessen einen Horrorfilm anschauen.«
Sie lacht immer noch.
Ich schaue in meine Gemüsesuppe und frage mich, ob wohl irgendetwas drin ist, was da nicht reingehört. Psychedelische Substanzen? Falsche Pilze? Oder hat Irene bloß zu viele Zimtsterne gegessen?
Egal.
Ich atme erstmals seit langem wieder richtig durch. Ein Lächeln breitet sich auf meinem Gesicht aus, ein wohltuendes, befreites.
Fröhliche Weihnachten!

Vor dem Schlafengehen kommen meine Zwillinge zu mir und umarmen mich. Zärtlichkeiten von Teenagern sind rar. Ich nehme die Streicheleinheiten dankbar an und erwidere sie gern.
»Wolltest du Leo wirklich ausladen?«, will Amelie wissen.
»Ja«, antworte ich. »Ich lasse ihn doch nicht ungestraft meine Mädchen belästigen.«
»Danke«, sagt Lilly. »Das war voll stark! Du bist eine coole Mutter. »
»Manchmal«, relativiert Amelie lachend.
»Oft«, meint Lilly.
Ich werde sie bei Gelegenheit an diese Expertise erinnern.

9

Am zweiten Adventssonntag wandern wir von Rothenthurm über den Katzenstrick nach Einsiedeln. Schnee, so weit das Auge reicht, dazu über uns ein kitschig blauer Himmel. Die Mädchen wollten auf den Einsiedler Weihnachtsmarkt, Paul wünschte sich ein wenig Bewegung an der frischen Luft. So kommen alle auf ihre Kosten. Der Weihnachtsmarkt in Einsiedeln ist sehr stimmungsvoll und erstreckt sich durchs ganze Dorf bis zum Klosterplatz. Wozu muss man dafür heute noch in deutsche Großstädte fahren? Zuerst essen wir Bratkäse und trinken Punsch, anschließend schauen wir uns jeden der 130 Stände an, bis wir nicht mehr stehen und gehen können und vor Kälte bibbern.
Das war eine gute Idee!
Solche Unternehmungen werden immer seltener. Schade, es tut gut, so als Familie unterwegs zu sein.
Wir kommen glücklich und müde heim.
Den Adventskaffee bei Irene hat nicht einmal Paul vermisst.

10

Noch 7 Tage bis zum Weltuntergang.

Geschenke eingekauft und eingepackt.
Christbaum steht schon hinter dem Haus.
Weihnachtskarten verschickt.
Weihnachtsmenü ausdiskutiert.
Einkaufsliste geschrieben.
Das Silvesterkleid ist angekommen.
Passende Schuhe gefunden.
Zehn neue Bewerbungen verschickt.

Ich fühle mich erstaunlich wohl in meiner Haut für diese Jahreszeit. Der Vorweihnachtsblues hat sich in einen fröhlichen Schneewalzer verwandelt. Es schneit seit Tagen, und ich schaufle Tonnen von Schnee von der Straße und von unserem Parkplatz, was mir guttut. Ich werde überschüssige Energien los und tanke gleichzeitig neue. Das ist viel besser als jedes Fitnessstudio. Auch den Gehweg zum Haus schaufle ich frei und säubere die Treppe zur Haustür. Dazu singe ich, wenn auch nur leise.
Der Winter hat nicht nur schlechte Seiten. Heute zum Beispiel, wo die Sonne in den frisch gefallenen Schnee hineinscheint, ist die Welt ein Paradies. Es glitzert und strahlt, alles ist viel leiser und zauberhaft veredelt. Der große und der kleine Mythen, unsere Hausberge, scheinen dem Stoos zuzulächeln. Herrlich!

»He, was ist los, Sonja? Du hast so gute Laune? Du spekulierst doch nicht etwa auf den Weltuntergang? Vergiss es! Es wird Weihnachten. Da musst du durch«, schreit meine Schwester Corinne schadenfroh ins Telefon.
Sie ist gerade im Zug unterwegs, und somit müssen wohl alle Fahrgäste unserem Gespräch beiwohnen.
»Ja, ja, es wird Weihnachten, und du gehst nicht hin. Alles klar. Spar dir deine Schadenfreude«, antworte ich. »Diesmal fällt es mir irgendwie leichter. Es sieht aus, als könnten wir dieses Jahr ein anderes Fest daraus machen und anfangen, alte Traditionen aufzubrechen. Ich freue mich.«
Das will Corinne genau wissen. Ich bringe sie in knappen Worten auf den neusten Stand.
»Was? Du hast Leo ausgeladen? Hätte ich dir nicht zugetraut.«
»Ich habe ihn nicht ausgeladen. Er kann gar nicht mehr kommen.«
»Ja, aber du wolltest es tun, du Böse, du!«
Corinne schreit noch immer in ihr Handy, und ihre Sitznachbarn werden sich wohl längst nach einem größeren Tunnel mit Netzunterbruch sehnen.
»Es geschieht dir recht, dass er dich erschlagen wollte!«
»Ach, es war doch nur eine Pillendose«, wiegele ich ab.
»Ja, aber wer weiß, wenn er gut getroffen hätte?«
Corinne lacht. Sie ist völlig aufgedreht.
»In einer Woche bin ich hier weg. Du glaubst nicht, was in den letzten Tagen im Laden los war. Hysterische, zickige Weiber, alle im Ausnahmezustand. Vorweihnachtszeit eben. Aber ein Riesenumsatz. Nächste Woche übernimmt Loretana, meine Aushilfe. Die hat eh viel bessere Nerven.«
Seit wann hat Corinne keine Nerven?
»Halt die Ohren steif!«, sagt sie noch, dann kommt der erlösende Tunnel, und die Verbindung bricht ab.

»Hast du das schon einmal gehört? Wir Schweizer sind das gesündeste Volk Europas, sagt die OECD.«
Amelie sitzt am Küchentisch und surft im Internet, während ich Kartoffeln schäle. Sie soll einen Aufsatz über die Schweiz schreiben und sucht irgendein interessantes Thema.
»Wusstest du, dass jeder Schweizer pro Jahr zwölf Kilo Schokolade isst? Vielleicht macht Schokolade gesund?«
Ja, das hätte sie wohl gern.
»Das ist aber auch krass: Jeden Tag wird in der Schweiz eine Fläche von elf Fußballfeldern überbaut. Wo führt das wohl hin?«
»Gut, dass wir noch rund um unseren Talkessel die Berge haben. Die werden sie wohl kaum zubetonieren können«, sage ich.
»Wir sind das reichste Volk der Welt. Wahnsinn! Das durchschnittliche Pro-Kopf-Vermögen liegt bei über 160 000 Franken!«
Den Jubel über die reiche Schweiz kann ich nicht mehr hören. Eine Statistik ist immer fragwürdig. Gerade im Kanton Schwyz, da soll beispielsweise die Dichte an Multimilliardären am höchsten sein. Kein Wunder, dass das Pro-Kopf-Vermögen dann derart hoch ist.
»Schau dir aber auch unsere Lebenshaltungskosten an. Sie gehören zu den höchsten der Welt«, werfe ich ein.
Aber Amelie ist schon längst bei anderen Zahlen und liest schockiert vor: »Jedes Jahr bringen sich über 1000 Leute um, und bis zu 25 000 Menschen versuchen es. Wir haben eine der höchsten Selbstmordraten der Welt. Ist das nicht Wahnsinn?«
»Ja, das ist es.«
Amelie klappt den Laptop zu. Sie werde einen Aufsatz darüber schreiben, was das Leben hier in der Schweiz lebenswert macht, nebst Geld und Gesundheit, erklärt sie.
»Vielleicht sind die Leute hier auch besonders gesund, weil die meisten genug Geld haben. Vielleicht macht Geld halt doch auch glücklich?«

»Pass auf mit solchen Rückschlüssen. Sonst könntest du ja auch spekulieren, dass sich hier so viele umbringen, weil sie zu viel Schokolade essen.«
Als Bankfachfrau habe ich schon viele gescheiterte Existenzen erlebt und viele hoch verschuldete Menschen kennen gelernt. Wie gesagt: Ich mag diese Statistiken nicht.
»Ich denke, man lebt bei uns durchaus in einer gewissen Sicherheit, und das soziale Netz ist gut. Man muss sich also nicht so viele Sorgen machen. Das ist wiederum gut für die Gesundheit«, versuche ich das Gerede von Wohlstand und Geld abzuschwächen. »Aber wie es scheint, machen sich die Menschen ja doch sehr viele Sorgen, sonst müssten sie sich nicht umbringen. Sei also vorsichtig mit deinen Theorien.«
»Haben wir auch über 160 000 Franken Vermögen?«, will Amelie plötzlich wissen.
»Ja«, sage ich, beinahe ein wenig verschämt.
Immerhin haben Paul und ich fast immer gearbeitet, und zwar bei einer guten Bank. Wir sind nicht auf falsche Berater reingefallen und haben unser Geld gewinnbringend angelegt. Dazu haben wir nie ein Haus gekauft, sondern wohnen sehr günstig hier bei Irene.
»Für euer Studium ist genug Geld da«, sage ich abschließend. »Deinem Weg zur großen Geigerin steht nichts im Wege. Wir haben auch für euch gespart.«

Ja, uns geht es wirklich gut.
Wir sind gesund und wohlhabend.
Was kann man mehr wollen?
Warum nagt dann irgendetwas ständig an mir?
Es wird Zeit, dass ich wieder arbeiten gehe. Ich bin wahrscheinlich bloß zu oft allein und komme dabei ins Grübeln. Ich mache mir Sorgen um Paul und mich. Auch heute kommt Paul wieder

erst spät heim. Er hat noch ein Essen mit einem Kunden. Ja, so etwas gibt es, ich weiß. Aber ist er nicht immer häufiger weg? Gestern war er mit Arbeitskollegen in Luzern auf einem Jazzkonzert zu Ehren des kürzlich verstorbenen Dave Brubeck. Er fragte mich nicht einmal, ob ich mitkommen möchte. Das tat weh.
Ist es mir früher nur nicht aufgefallen, wie sehr wir uns voneinander entfernt haben, weil ich selber viel gearbeitet habe und mit den Kindern und dem Haushalt zu viel um die Ohren hatte? Ich frage mich, ob ich Paul vernachlässigt habe. Oder umgekehrt. Vielleicht haben wir ja auch beide nicht mehr genug zu unserer Beziehung geschaut?
Mein Neujahrsvorsatz steht.

Ich hole mir aus dem Kühlschrank eine Tafel Schokolade und breche mir einen Riegel ab. Das kann ich mir leisten. Meine zwölf Kilo habe ich noch lange nicht gegessen, und das Jahr hat nur noch wenige Tage. Was für ein Genuss, dieses Aroma, diese cremige Süße.
Dazu schaue ich im Fernsehen die Wiederholung einer Talkshow. Ein Psychologe äußert sich zum bevorstehenden Weltuntergang: »Das ganze Gerede über den Weltuntergang – an welchen ich natürlich nicht glaube – hat auch etwas Gutes. Es schadet bestimmt keinem, einmal zu überdenken, was er tun oder lassen würde, wenn bald die Welt unterginge. Es kann das Nachdenken über Werte fördern.«
Da hat er recht. Ich hoffe nur, dass es nicht auch Leute gibt, die jetzt ernsthaft verängstigt die Tage zählen.
Der Psychologe redet nun über Weihnachten und wird gefragt, warum es an Weihnachten immer so viel Streit gebe.
»Das liegt an den übersteigerten Erwartungen. Alle wollen nur eines: Friede, Freude, Eierkuchen. Und oft feiern komplette Sipp-

schaften gemeinsam, die sonst nie gedrängt zusammensitzen. Ist doch klar, dass es da Spannungen gibt oder sich Spannungen entladen, die vielleicht übers ganze Jahr aufgebaut wurden, aber verdrängt werden konnten, weil man sich kaum sah.«
Einen schlauen Ratschlag kann er dann aber nicht geben. Wir müssen also allein zurechtkommen.

II

Ich bin guter Dinge.
Alles gerät in Bewegung.
Ich brauche gar nicht viel zu tun.

Irene ist am dritten Adventssonntag so erkältet und verschnupft, dass sie uns gar nicht sehen will. Schon am Samstag erklärt sie, dass die Adventsfeier bei ihr leider nicht stattfinden könne. Amelie und Lilly halten sich mit dem Jubeln gerade noch zurück, bis Irene unsere Wohnung verlassen hat.
»Wir fahren zum Snowboarden auf den Stoos!«, kreischen sie.
Und eine Sekunde später hängen sie am Handy, um ihre Freunde zu informieren.
Pauls Blick trifft meinen. Wird ihm langsam klar, dass wir uns ständig Irenes Wünschen unterwerfen und wie sehr sie unseren eigenen widersprechen?
»Und was machen wir?«, frage ich.
Paul schaut mich überrascht an. Hatte er sich bereits auf Fernsehen und Schneeschaufeln zu Hause eingerichtet? Wie alt sind wir

eigentlich? Wir können doch auch mal wieder etwas unternehmen?

»Was möchtest du denn?«, fragt er vorsichtig.

»Ich möchte weg vom Schnee. In Ascona auf der Piazza eine Pizza essen, zum Beispiel. Oder von Tenero nach Locarno spazieren. Meine Sehnsucht nach Sonne ist groß. Und hier schneit es das ganze Wochenende über einfach weiter.«

Von Schwyz aus sind wir schon in zwei Zugstunden in Locarno. Dort liegt überhaupt kein Schnee, und man hat sofort ein Feriengefühl, wenn man die ersten Palmen am Lago Maggiore sieht.

Paul schüttelt den Kopf.

»Meine Mutter ist krank. Da können wir nicht wegfahren«, gibt er zu bedenken.

»Sie ist bloß erkältet!«

Jetzt bin ich ein wenig eingeschnappt. Meine Güte, Irene wird an ihrem Schnupfen nicht sterben!

»Gut, wir fahren«, sagt Paul noch rechtzeitig, bevor ich meinem Ärger Luft gemacht habe. »Aber ich muss unterwegs etwas lesen.«

Er zeigt mir ein neues Buch, erschreckend dick, ziemlich klein gedruckt. Es geht einmal mehr um Europa und die Schuldenkrise.

»Gut, gut«, lenke ich sofort ein. »Dann nehme ich auch ein Buch mit.«

»Und wir fahren erste Klasse«, entscheidet Paul.

Er mag es gar nicht, wenn Horden von Wintersportlern zumindest bis und ab Göschenen um uns herumsitzen, picknicken und sich aus ihren vielen Schichten von Kleidern schälen, während aus der Gepäckablage der Schnee von den Snowboards auf uns heruntertropft – bis diese Bretter uns dann beim Ein- und Aussteigen um die Ohren gehauen werden. Das kann ich nachvollziehen.

Natürlich besuche ich am frühen Sonntagmorgen noch kurz Irene und versichere mich, dass sich ihr Gesundheitszustand nicht verschlimmert hat. Hat er nicht. Sie schimpft, dass ich sie so früh störe, wo sie doch schlafen wollte. Ihre Stimme ist laut und voller Energie, nur ein wenig heiser.

Und so verbringen wir tatsächlich einen völlig untypischen Adventssonntag im Tessin. Unser südlichster Kanton macht seinem Titel »Sonnenstube« alle Ehre. Der Himmel ist blau, es ist warm, und nirgendwo, außer auf entfernten Berggipfeln, ist Schnee zu sehen. Wir spazieren von Tenero nach Locarno. Nicht allein. Es ist eine kleine Massenwanderung. Egal. Anschließend fahren wir mit dem Bus nach Ascona, wo wir auf der Piazza ein Risotto essen, eingehüllt in Schaffelle, mit Blick auf die blätterlosen Platanen und den Lago Maggiore. Wir sind beide locker und ausgelassen. Die Tessiner Sonne macht es möglich. Man fühlt sich so fern von zu Hause und so frei von allem.
Wir schauen den Leuten beim Flanieren zu und zählen insgeheim die Pelzmäntel. Hier unten, wo Reich und Schön sich die Hand geben, gibt es unzählige. Dabei ist es gerade im Tessin meist mild und gar nicht sibirisch kalt. Neun Grad warm ist es heute.

Beim Heimfahren schmiege ich mich an meinen Mann und sage: »Danke.«
»Wofür?«, fragt Paul und streicht mir übers Haar.
»Ach, in letzter Zeit hatten wir nicht gerade viele gemeinsame Stunden. Ich habs richtig genossen.«
»Soll das ein Vorwurf sein? Du weißt, dass es auf der Bank gegen Jahresende immer hektisch wird«, entschuldigt er sich.
»Ja, klar weiß ich das. Aber ich hätte ja auch zu dem Jazzabend mitkommen können. Zum Beispiel.«

»Jazzabend? Du? Du sagst doch immer, es gebe auch Musik, die mit weniger Harmonien auskomme und trotzdem schön sei. Weniger sei manchmal mehr. Deine Worte! Du sprichst doch immer von *meinem* Jazz.«

Paul schüttelt verärgert den Kopf.

Ich wehre mich: »Ja, aber ich habe auch immer die Atmosphäre an den Jazzkonzerten genossen. Das weißt du. Ich mag diese Klubs und Bars, und die meiste Jazzmusik mag ich auch.«

»Nein, das wusste ich nicht. Da hab ich dich bisher eindeutig ganz anders verstanden. Du musst deine Meinung ziemlich geändert haben.«

»Dann hast du mir nicht richtig zugehört.«

»Wie kannst du nur nach einem so schönen Tag eine derart zickige Diskussion anfangen! Ich glaub es nicht!«, schimpft Paul plötzlich richtig böse. »Es ist Zeit, dass du wieder eine Stelle findest. Du wirst ja immer unzufriedener.«

»Jetzt bist du gemein!«

Ich schlucke meine aufkommenden Tränen hinunter. Mir meine Arbeitslosigkeit vorzuhalten, ist ungerecht und verletzend. Er hat meinen wunden Punkt getroffen: Ich habe früher nicht so viel über alles nachgedacht, als ich mit Job und Haushalt ausgelastet war. Das stimmt.

Paul setzt sich auf den Sitz mir gegenüber, nimmt sein Buch zur Hand und vergräbt sich in die Schuldenkrise Europas. Ich sehe durch die Zugfenster die Gegend an mir vorbeiflitzen, aber mein Blick ist trüb, meine Augen nass.

Nein, es läuft nicht so, wie ich gern möchte. Statt Annäherung Distanz. Das habe ich ordentlich verbockt. Ich bin sauer auf Paul, auf mich, auf uns.

Asche, Asche, Asche …

Wir kommen in Schwyz an, und es ist wieder kalt und winterlich. Auch in meinem Herzen. Die Sonne des Südens war nicht sehr nachhaltig.
Ich ziehe mich um, hole die Schneeschaufel und fange an, die neu aufgetürmten Schneeberge abzutragen. Meine ganze Wut und Enttäuschung reagiere ich beim Schaufeln ab. Es muss den lieben langen Tag über geschneit haben. Was für ein Winter! Die Zeitungen sagen, dass es seit über vierzig Jahren nicht mehr so viel geschneit habe im Dezember.

12

Noch zweimal schlafen bis zum Weltuntergang.

Ich trödle ein wenig herum und trinke Kaffee vor dem Fernseher. Wieder redet ein Psychologe über den bevorstehenden Weltuntergang. Auch er betont, dass er natürlich nicht daran glaube, erzählt aber, er habe immer mehr schwer verängstigte Patienten in seiner Praxis. Nicht alle würden an ein wirkliches Ende von allem glauben, sondern nur größere Katastrophen befürchten. Sogar der Einmarsch von Außerirdischen werde in Betracht gezogen.
Wieso sollten die zu uns kommen?
Gerade vor Weihnachten?
Die wären ja schön blöd.
Ich schüttle den Kopf und wundere mich.
Nun wird ein Mann vorgestellt, der Lebensmittel-Notrationen im

Internet verkauft. Sein Geschäft blühe, der Umsatz sei noch nie so hoch gewesen.
Irgendeiner profitiert immer, egal, was passiert.
Gerade will ich noch einmal den Kopf schütteln, da klingelt es an der Tür.
Es wird wohl kein Außerirdischer sein, der zwei Tage zu früh …
Nein, meine Schwester Corinne steht vor der Tür. Sie kommt vorbei, um sich zu verabschieden. Ich bin gerührt.
»Hier ist ja tiefster Winter«, schimpft sie und schüttelt sich die weiße Pracht vom Mantel. »Ihr habt noch mehr Schnee als wir in Luzern.«
Sie klaubt sich ein paar Schneeflocken aus den Haaren.
»Das kann sein. Es hat ja auch seit Ewigkeiten im Dezember nicht mehr so geschneit. Ehrlich: Ich bräuchte das auch nicht.« Ich mache Kaffee, stelle Irenes Weihnachtskekse auf den Tisch und zünde eine Kerze an. Das ist ja wie vorgezogene Weihnachten, nur für mich. Corinne ist hier.
»Du hast bedrückt geklungen, als ich am Sonntagabend angerufen habe. Also dachte ich, ich schaue kurz vorbei, bevor ich morgen abreise«, erklärt sie ihren Spontanbesuch.
Ich müsste sicher noch dies und das erledigen und wäre furchtbar aufgeregt vor so einer großen Reise. Corinne jedoch hat sogar noch Zeit für Familienbesuche.
»Du bist wirklich ein Schatz!«
Ich umarme sie ganz fest, meine Schwester, die immer für mich da ist.

Unsere Beziehung war früher nicht allzu innig. Wir waren mal wie Katz und Maus, Corinne und ich. So nannte jedenfalls meine Mutter unser Verhältnis. Wir stritten uns bei jeder Gelegenheit. Erst als Erwachsene fanden wir zusammen, damals, als es unseren Eltern schlecht ging. Sie wollten nie in ein Altersheim und wurden beide gleichzeitig so schwer krank, dass wir an unsere Grenzen kamen, als wir sie möglichst lange daheim wohnen ließen. Und am Ende klappte es doch nicht. Es ging einfach nicht mehr, sie mussten in ein Heim und haben uns das bis zum letzten Atemzug vorgeworfen. Bis heute habe ich deswegen Albträume und Schuldgefühle. Das war eine wirklich schwere Zeit. Aber Corinne und mich hat sie unzertrennlich gemacht. Wir haben ja nur noch uns: keine Eltern, kaum Verwandte, die uns etwas bedeuten.

»Muss ich mir jetzt Sorgen machen, wenn ich auf den Malediven bunten Fischlein hinterherschwimme, dass du hier ohne mich nicht über die Runden kommst?«, will Corinne wissen.
Ich beruhige sie und gebe mich fröhlicher, als ich bin. Sonst bleibt sie am Ende noch hier.
»Wir hatten eine Krise, Paul und ich. Es läuft sowieso gerade nicht allzu gut. Aber ich habe beste Vorsätze für das neue Jahr. Wir arbeiten daran.«
»Ach, an einer Beziehung arbeiten. Wenn ich das schon höre…«
Corinne ist nicht zufrieden. Sie glaubt, wenn man an einer Beziehung arbeiten müsse, sei sie längst tot. Das glaube ich nicht.
»Wenn ich einen Job habe, wird alles besser. Dann grüble ich nicht mehr so viel über alles nach«, erkläre ich.
Corinne lacht mich aus.
»Man geht doch nicht arbeiten, um nicht mehr über sein Privatleben nachdenken zu müssen. Eine Beziehung wird doch nicht besser, wenn man keine mehr Zeit hat, sich über sie Gedanken zu machen.«
Corinne greift sich an den Kopf.
»Ich mache mir Sorgen um euch. Um dich«, sagt sie und hält meine Hand.

Sie hat immer gearbeitet und weiß gar nicht, wie es ist, wenn der Tag plötzlich zu viele Stunden hat und einem die Decke auf den Kopf fällt.
Ich erzähle ihr von meinen Bewerbungen.
»Es wird nicht leicht werden. Wahrscheinlich wird das neue Jahr mit vielen Absagen im Briefkasten anfangen. Aber ich könnte mir inzwischen auch vorstellen, etwas völlig anderes zu machen, im Verkauf oder in der Gastronomie.«
»Da bin ich gespannt. Ich denke auch, dass du noch andere Möglichkeiten hast. Und du bist nicht nur ein Zahlenmensch. Du hast viele Talente.« Notfalls müsse ich mich halt professionell beraten lassen, meint sie.
Stimmt. Darüber habe ich auch schon nachgedacht.

Als Amelie und Lilly nach Hause kommen, gibt es ein Riesenhallo. Sie lieben ihre Tante so sehr, dass ich manchmal beinahe ein wenig eifersüchtig werde. Sie erzählen ihr einfach alles, aus freien Stücken, ohne dass sie bohren und nachfragen muss, und präsentieren sich ihr immer von ihrer sonnigsten, wonnigsten Seite.
»Wann nimmst du uns mal auf die Malediven mit?«, will Amelie wissen.
»Wir möchten tauchen lernen«, erklärt Lilly, die immerhin schon ein Rettungsschwimmer-Diplom hat.
»Nichts da. Ihr wollt doch Weihnachten nicht verpassen«, wehrt Corinne ab. »Ich habe aber ein Geschenk für euch.«
Sie wühlt in ihrer Handtasche und findet endlich zwei Umschläge, die sie den Mädchen in die Hand drückt.
»Aufmachen!«, sagt sie, und man sieht ihr an, dass sie selber riesig Freude an ihrem Geschenk hat.
»Oh! Krass!«
»Wow! Cool!«

Die Zwillinge schauen mit großen Augen auf irgendein Ticket.
»Was ist das denn?«, will ich wissen.
Es wird ja wohl kaum ein Flugschein für die Malediven sein. Aber ich werde ignoriert.
»Corinne, du bist voll cool! Ich bin total weggebeamt!«
»Danke, du bist eine super Tante!«
Es gibt ein großes gegenseitiges Umarmen, und ich stehe daneben und bin wirklich neugierig. Wie hat sie es geschafft, meine Töchter so zu begeistern?
»Ich gehe im März mit den Mädels zu einem Justin-Bieber-Konzert im Zürcher Hallenstadion«, erbarmt sich Corinne meiner und klärt mich auf.
Justin Bieber. Ist das nicht dieser pubertäre Superstar, der lauter simple Popsongs trällert, worauf die Mädchen reihenweise in Ohnmacht fallen?
»Schön«, sage ich nur.
Lieber sie als ich. Corinne ist schon klasse. Sie wäre eine gute Mutter geworden, wahrscheinlich eine bessere als ich.
Der Abschied von ihr fällt mir schwer. Ich hätte sie gern über die Festtage bei mir.

13

Es ist Weltuntergang, und keiner geht hin?

Heute ist der 21. Dezember. Ganz ehrlich: Ich bewege mich irgendwie anders als sonst. Vorsichtiger. Nein, sicher gibt es keinen Weltuntergang. Aber wer weiß … Ich habe inzwischen so viel darüber gelesen, dass ich doch irgendwie ein komisches Gefühl habe und denke, dass irgendetwas passieren könnte.

Die Milch, die ich mir in den Frühstückskaffee gießen will, ist sauer.
Ein Zeichen?
Dann folgen riesige Diskussionen mit den Mädchen, die tatsächlich glauben, sie könnten heute daheimbleiben. Sicherheitshalber.
Paul haut schließlich vor Wut mit der Faust auf den Tisch.
»Schluss mit diesem kindischen Getue!«, schreit er.
Mir fällt doch tatsächlich die Tasse aus der Hand vor Schreck. Paul schreit selten. Amelie und Lilly kichern nur.
Was für ein eigenartiger Morgen.

Paul ist in letzter Zeit sehr leicht reizbar. Ich selber auch. Daher halte ich mich zurück, mache mich klein und unsichtbar und zähle die Tage, bis Weihnachten vorüber ist. Dann hoffe ich, mit einem beschwingten Silvester ein besseres Jahr für uns beide beginnen zu können.

Im Fernsehen verfolge ich diverse Berichte zum Weltuntergang. Da und dort versammeln sich Menschen an sogenannt sicheren Plätzen … Andere wiederum rufen dazu auf, den Mittag meditierend zu verbringen. Man solle gemeinsam für den Weltfrieden beten, positive Gedanken und Energien aussenden.

Am Nachmittag, ich bin gerade dabei, gefühlte tausend weiße Hemden zu bügeln, steht plötzlich Irene in der Wohnung. Sie ist gekleidet, als wollte sie weggehen, in Winterstiefeln und Mantel.
»Sonja, du musst mir helfen. Ein Notfall.«

Schnell schalte ich meine Bügelstation aus und erwarte Schlimmes.
»Müssen wir zum Arzt? Geht es dir nicht gut?«
Sie winkt ab.
»Nein, nein. Meine Freundin Pia steht am Bahnhof und will abgeholt werden.«
Oh. Na ja. Es gibt auch Busse. Aber okay. Holen wir sie eben ab. Immerhin muss ich kein Blaulicht montieren.
Ich fahre mit Irene zum Bahnhof. Unterwegs erfahre ich mehr.
»Pia ist eine meiner besten Freundinnen. Ihr geht es gar nicht gut. Sie leidet unter Depressionen. Ihr Arzt hat ihr verboten, über Weihnachten allein zu bleiben. Und stell dir vor: Die eigene Tochter wollte sie nicht aufnehmen! Jetzt kommt sie zu mir.«

Eine magere, kleine Frau steht vor dem Bahnhofsgebäude und wirkt ziemlich verloren. Ich glaube, sie hat vor, länger bei Irene zu bleiben, denn sie hat einen Koffer dabei, dazu eine Sporttasche und drei Tüten. Ihr Gesicht hellt sich auf, als sie Irene erkennt.
Irene stellt mich vor, und Pia schüttelt unaufhörlich meine Hand: »Schön. Guten Tag, Sonja. Irene hat mir schon viel von dir erzählt.«
Die alte Dame wirkt zerbrechlich und krank.
»Pia wird Weihnachten mit uns feiern«, erklärt Irene. »Es wird ihr gefallen, unser schönes Familienfest.«
»Ich kann gern auch etwas dazu beitragen. Ich könnte die Weihnachtsgeschichte vorlesen. Das habe ich früher auch immer gemacht«, sagt Pia eifrig.
»Gute Idee«, antwortet Irene sofort. »Und du kannst mit mir den Baum schmücken.«
Ich schaue nur sprachlos von einer Frau zur anderen. Dann lade ich schnell die Gepäckstücke ein. Meine Meinung ist eh nicht gefragt. Ich presse die Lippen aufeinander, damit ihnen nicht irgendeine

unschöne Bemerkung entweicht, irgendetwas Kleinliches wie: meine Familie, meine Wohnung, mein Baum, meine Feier.
»Oh, Bruno muss auch mit«, sagt Pia.
Bruno?
Irene und ich schauen der alten Dame neugierig hinterher, als sie ein paar Meter weitergeht, um von einem überdachten Veloständer einen Hund loszubinden.
»Sie hat einen Hund?«, frage ich meine Schwiegermutter entgeistert.
Irene zuckt hilflos mit den Schultern.
»Darf ich vorstellen, das ist Bruno«, sagt Pia strahlend, als würde sie uns nicht einen alten Rauhaardackel präsentieren, sondern irgendeine preisgekrönte Tierschönheit. »Er ist schon sechzehn Jahre alt.«
Sie setzt sich hinten ins Auto und platziert das Tierchen neben sich. Zwei ergraute Senioren. Besuch im Doppelpack.
Gut, wir werden also Weihnachten mit Pia und Hund feiern. Die Mädchen wirds freuen. Mich kann es im Moment nicht erschüttern. Das ist ja kein Weltuntergang. Oder doch? Nein, bestimmt nicht.

Daheim angekommen, trage ich dem Gast das Gepäck in Irenes Wohnung hoch. Das mache ich gern, denn dann bin ich auch ganz sicher, dass Pia wirklich oben einzieht und nicht etwa bei uns. Weil ich die Handschuhe im Wagen vergessen habe, gehe ich noch einmal zurück.
Riecht es hier drinnen nicht eigenartig?
Es stinkt! Bäh!
Auf der Suche nach der Ursache werde ich schnell fündig: Auf dem Hintersitz ist es nass, und wenn nicht Pia auf den Sitz gepinkelt hat, was ich jetzt einfach mal optimistisch annehme, wird es wohl Bruno gewesen sein.

100, 99, 98, 97…
Ich zähle rückwärts. Nein, ich explodiere nicht.
88, 87, 86…
Das war sicher nur ein Missgeschick vor lauter Reisefieber.
76, 75, 74…
Ich hole einen Lappen, einen Schaumreiniger, dazu einen Raumduftspray. Hektisch und leicht angeekelt, versuche ich, den nassen Flecken zu entfernen und den Duft nach Hundepisse mit Lavendel zu überdecken. Paul wird sich vielleicht ärgern, wenn er davon hört. Sein Auto wird wenig gebraucht, da er meist zu Fuß zur Arbeit gehen kann. Aber er hegt und pflegt es liebevoll.

»Sonja!«
Ich komme gerade von meiner Putzaktion und bin leicht genervt, als Irene mich ruft. Eigentlich wäre es besser, sie würde mir im Moment aus dem Weg gehen, mich sozusagen großräumig umfahren.
Aber nein, sie traut sich, mich schon wieder um einen Gefallen zu bitten: »Falls du heute noch einmal einkaufen gehst, würdest du dann dieses, genau dieses, Hundefutter kaufen?«
Sie drückt mir eine leere Packung in die Hand.
Nein, ich fange nicht schon wieder an zu zählen! Ich bin jetzt einfach mal sauer.
»Irene, dieser Hund hat auf unseren Rücksitz gepinkelt. Viel Spaß mit so einem Tier in deiner Wohnung«, zische ich ziemlich böse. »Und ich gehe heute nicht mehr einkaufen.«
Irene verteidigt ihren Gast: »Er ist halt alt, der Kleine. Und ein wenig inkontinent. Arthrose hat er auch. Und Pia muss ihm Insulin spritzen. Aber sie liebt ihn doch. Soll sie ihn umbringen, bloß weil er alt ist?«
»Umbringen vielleicht nicht. Wie wärs mit erlösen?«

Irene schüttelt den Kopf.
Ich weiß ja, warum ich keine Haustiere mehr haben möchte. Genau diese Dramen muss ich mir nicht antun. Natürlich fällt der Abschied von einem geliebten Haustier nach vielen Jahren schwer. Aber irgendwo gibt es eine Grenze.
»Wenn Pia die Gebrechen ihres Tieres ignorieren will, dann könnte sie mich doch wenigstens warnen, wenn sie mir das Vieh auf die Polster setzt.«
»Kaufst du das Futter?«, fragt Irene eingeschnappt.
»Klar. Ich gehe gleich los, damit Bruno zu seinem Leiden nicht auch noch hungern muss«, antworte ich, auch nicht wirklich freundlich.
Ich steige also in den Wagen und fahre ins Einkaufszentrum, wo ich eine Packung Hundefutter für Senioren kaufe.

Später höre ich mir im Radio schon wieder eine Sendung über den Weltuntergang an, während ich im Haushalt herumfuhrwerke. Das Thema fasziniert mich irgendwie. Die Maya-Priester feiern in Guatemala den Beginn einer neuen Ära. In Bugarach in Frankreich versammeln sich Volk und Medien vor einem magischen Berg. In diesem soll sich ein Raumschiff verbergen. Es werden Weltuntergangspartys gefeiert, Restaurants bieten Henkersmahlzeiten oder »das Jüngste Gericht« an. Ich staune und wundere mich.
Und dabei passiert gar nichts. Fast nichts. Immerhin: Wir haben einen Gast mit Hund bekommen.

Die Zwillinge rennen abends sofort zu Irene hoch, um den Hund zu sehen. Sie kommen aber ziemlich schnell wieder zurück, und ihre Begeisterung hat sich verflüchtigt.
»Bruno stinkt«, sagt Lilly und verzieht gequält das Gesicht.

»Die beiden alten Weiber da oben beten Rosenkranz. Und daneben liegt der Hund und pennt«, berichtet Amelie. »Er sieht aus, als würde er womöglich heute Nacht schon sterben.«
Oh nein, das hoffe ich nun wirklich nicht. Der soll schön brav zu Hause sterben, wenn Pia wieder weg ist.
Fröhliche Weihnachten!

14

Heiliger Abend.
Tja, irgendwann musste Weihnachten ja kommen.

Wir hatten ein schönes Menü geplant, das unser aller Zustimmung fand: Lammfilet aus dem Ofen, dazu Salat und Gemüse, mit aufgebackenen Brötchen.
Aber natürlich kam Irene im letzten Moment mit Änderungswünschen: »Pia isst kein Lamm, weil sie findet, so herzige Tiere sollte man nicht schlachten. Und knusprige Brötchen kann sie mit ihren schlechten dritten Zähnen nicht beißen. Aber sie ist völlig unkompliziert.«
Unkompliziert. Aha.
»Du kannst einfach ein paar Würstchen für sie heiß machen. Und vielleicht etwas Kartoffelsalat? Was meinst du?«
Fragt sie mich das wirklich?
Gut, dass ich tatsächlich noch ein paar Würstchen im Kühlschrank habe, ganz und gar unherzige, die man bedenkenlos essen kann.

Schon am frühen Morgen holt Paul den Christbaum in die Stube. Es ist wie immer: Der Baum ist zuerst zu lang, dann zu schief, der Stamm unten zu dick. Es dauert eine Weile, bis er im Ständer steht, wo er meiner Meinung nach immer noch ziemlich wackelt. Gut, dass wir keine echten Kerzen mehr verwenden.
Paul hat bereits derart viel geschimpft und geflucht, dass er für den Rest des Tages wohl still und friedlich bleiben wird. Nur die Lichterkette bringt ihn noch einmal kurz, aber heftig in Rage. Sie ist wie immer irgendwie verknotet, verdreht, verschlungen. Trotzdem will er sich nicht helfen lassen. Ich beobachte sein Treiben aus sicherer Entfernung und weiß nicht, ob ich lachen oder weinen soll. Wie ein störrisches Kind!
The same procedure as every year…
Ich sollte seine Schimpftiraden aufzeichnen und diese abspielen, wenn wir weihnächtlich gestimmt den Christbaum bewundern und besingen. Oder gleich ein Youtube-Video daraus machen? Seine Geschäftsfreunde würden staunen.

Die Zwillinge haben sich in die Berge verzogen. Sie gehen mit Freunden snowboarden. Leider ist von den riesigen Schneemengen gar nicht mehr so viel übrig. Es hat in den letzten beiden Tagen viel geregnet. Dazu kam ein warmer Wind. Dieses Wetterphänomen kennen wir: zu viel Schnee, viel zu früh, und dann der große Wärmeeinbruch um Weihnachten herum. Diesmal sollen es aber die wärmsten Weihnachten seit Jahrzehnten sein. Mir kommen diese Temperaturen gelegen. Und auf dem Stoos sind die Pisten immer noch gut. Ich gönne meinen Töchtern den fröhlichen Tag.

Vor dem Mittag besuchen uns Irene und Pia, um den Baum zu schmücken. Bruno dackelt natürlich hinterher. Aber ich bin vorbereitet.

»Bitte sorge dafür, dass dein Hund immer auf dieser Decke liegt«, erkläre ich Pia klar und unmissverständlich.
Sie nimmt die alte Armeedecke verdattert entgegen, und Irene straft mich mit einem bösen Blick. Das ist mir jedoch egal. Ich will keine vollgepisste Wohnung. Auch Paul hat mir fest versprochen, mit darauf zu achten, wo sich Bruno aufhält und hinlegt. Dass der Hund bereits das Auto vollgepinkelt hat, reicht ihm völlig.
Ich schaue gar nicht zu, wie die Frauen den Baum schmücken, da ich mir ohnehin vorstellen kann, wie er am Ende aussehen wird: vollgehängt mit allem, was die Schachteln und Kisten aus dem Keller hergeben. Zugemüllt, würden die Mädchen es nennen. Aber Irene hängt an jeder Kugel, an jeder Girlande, jedem Engelchen und Tannenzapfen und Glöckchen. Und wenn längst nichts mehr geht, kommt noch Lametta drüber. Alles atmet den Hauch ihrer Familiengeschichte. Dagegen komme ich nicht an.
The same procedure as every year…
Ist doch egal. Morgen um diese Uhrzeit ist alles überstanden. Ich atme ein paarmal langsam ein und aus, schüttle mich ein wenig und beschließe, das Fest mit Gelassenheit anzugehen.

Auf Facebook schaue ich mir schöne Fotos von einsamen Sandstränden auf den Malediven an und erlaube mir einen Moment des Träumens. Ich hinterlasse ein paar fröhliche Grüße auf Corinnes Seite und schreibe nichts von Neid und Sehnsucht. Auf meine eigene Seite poste ich Glückwünsche an all meine Freunde und füge ein Bild bei, das ich irgendwo geklaut habe. Es zeigt einen Christbaum, wie ich ihn gern hätte: sparsam, aber geschmackvoll geschmückt, auf wenige Farben beschränkt, absolut lamettafrei. Sofort erreichen mich erste Komplimente für meinen Baum, und ich lächle und fahre den Computer wieder runter. Ich kann das dann morgen noch richtigstellen. Aber ich werde mich hüten, ein Foto von unserem Baum zu veröffentlichen.

Am Nachmittag bereite ich den Kartoffelsalat vor. Ich decke den Tisch festlich und höre dazu Weihnachtsmusik im Radio. Dazwischen sage ich mir immer wieder, dass es ein schönes Fest werden wird. Gegen vier Uhr nachmittags kommt eine SMS von unseren Zwillingen. Lilly schreibt, dass es auf dem Stoos für die Talfahrt mit der Standseilbahn eine riesige Warteschlange gebe. Sie könnten wohl erst eine Bahn um fünf bekommen.
Halb so schlimm. Ich bin einen Moment lang erschrocken und habe mir schon schlimme Szenarien ausgemalt. Hauptsache, es ist ihnen nichts passiert.
Um sechs bin ich geduscht und umgezogen. Auch Paul ist bereit, als wir Irene, Pia und Bruno empfangen. Pia hat für Bruno den Hundekorb mitgebracht, und der alte Dackel legt sich sofort schlafen, was ich dankbar anerkenne. Nur müffelt der Korb ziemlich heftig, aber das ignoriere ich um des weihnachtlichen Friedens willen. Immerhin steht er weit weg vom Esstisch. In einem Schrank krame ich noch ein paar Duftkerzen hervor. Jede Duftnote ist mir recht: Mandarine, Frühlingswiese, Alpenveilchen. Ich zünde alle an.
Wir trinken einen Apéro im Wohnzimmer. Pia möchte natürlich keinen Alkohol. Das hätte ich mir denken können. Einen frisch gepressten Orangensaft würde sie aber gern nehmen, erklärt mir Irene. Pah! Ich gehe in die Küche und gieße Orangensaft aus der Packung in ein Glas. Dafür genehmige ich mir einen kleinen Honigkräuterlikör, stürze ihn gleich in der Küche hinunter. Einen weiteren nehme ich mir mit ins Wohnzimmer.
100, 99, 98 …
Wenn das so weitergeht, muss ich heute den ganzen Abend über

zählen. Vielleicht sollte ich besser nicht zu viel trinken. Früher hätte ich mit Paul Blicke tauschen können, und wir hätten uns verstanden, uns als Team gefühlt, hätten über alles gemeinsam gelächelt, was allem Ärger die Schärfe genommen hätte. Aber Paul ist mit seinen Gedanken weit weg von mir.
»Das ist aber ärgerlich, dass die Kinder noch nicht hier sind. Sie hätten einfach früher aufbrechen sollen«, meckert Irene.
Und jetzt hat sie sogar Verstärkung.
Pia meint nämlich: »Disziplin und Respekt, das sind Eigenschaften, die man seinen Kindern unbedingt beibringen muss.«
90, 89, 88...
»Liebe und Verständnis sind bei der Erziehung fast noch wichtiger«, wage ich zu behaupten.
Paul schaut nur kurz zu mir hin, leicht überrascht, aber nicht unfreundlich, um dann wieder in sein Glas zu starren.
Im Radio spielen sie »O du fröhliche«.
Ja, ja: Fröhliche Weihnachten.
Ich verziehe mich in die Küche, hantiere dort herum und gieße mir noch einen Kräuterlikör ein. Etwas später kommen die Mädchen nach Hause.
»Sorry!«, ruft Lilly.
»Dumm gelaufen«, erklärt Amelie salopp.
»Hopp, hopp, hopp«, scheucht Paul sie davon. »Macht euch frisch. Das Essen ist gleich fertig.«
Aber er lächelt dabei. Nur Irene und Pia schauen missbilligend auf unsere Jugend.

Das Essen verläuft recht friedlich, unterbrochen von ein paar harmlosen Zwischenfällen.
Pia schaut sich zum Beispiel meine Würstchen an und erklärt: »Schweinswürstchen darf ich nicht essen. Die sind zu fett.«

Das bringt mich einen Augenblick lang aus dem Gleichgewicht. Aber mein Kartoffelsalat findet ihren Zuspruch. Gott sei Dank! Halleluja!
Amelie verkündet, dass sie kein Lamm essen will.
»Ich habe heute beschlossen, nur noch fleischlos zu essen.«
»Du spinnst total«, kommentiert Lilly. »Das hältst du doch sowieso nicht durch.«
Ich schüttle nur innerlich den Kopf. Lilly ist ziemlich heikel, wenn es ums Essen geht. Alles muss gesund sein. Wenn ich jetzt auch noch immer auf Amelie Rücksicht nehmen muss, kann das ja heiter werden. Aber ich habe gelernt, solch spontane Entscheidungen zuerst einmal nicht zu hinterfragen. Die Mädchen sind jung und oft wankelmütig.
Die Idee, vegetarisch zu leben, könnte ich durchaus unterstützen. Wir tun den Tieren und der Umwelt so viel an, um möglichst billig möglichst viel Fleisch und Wurst zu bekommen ... Sollte Amelie an ihrer Entscheidung festhalten, würde ich sie niemals umstimmen wollen.
Irene erzählt Pia haargenau, was wir eigentlich normalerweise am Heiligen Abend essen würden, wenn es nach ihr ginge. Detailliert beschreibt sie die Gans und deren Füllung.
»Ein altes Familienrezept. So schmeckt für uns Weihnachten. Nicht wahr, Paul!?«
Paul schweigt. Lilly steckt wieder einmal demonstrativ den Finger in den Mund, was die alten Damen allerdings nicht sehen können.
»Aber Traditionen sind halt heute nicht mehr viel wert«, bemerkt Irene abschließend.
Amelie schneidet eine Grimasse. Meine Töchter tun mir gut. Ich kann diese Sticheleien ertragen, wenn ich Verbündete habe. Und Kräuterlikör. Und Rotwein. Sicher: Alkohol ist keine Lösung, aber

er verleiht mir die dringend benötigte Gelassenheit und lässt mich ein ganz klein wenig über den Dingen stehen.

Nach dem Essen holt Amelie ihre Geige. Ich begleite sie am Klavier. Wir spielen ein paar Weihnachtslieder. Am Baum verbreiten die Lichtlein ihren Schein. Das mehrfach verwendete Lametta glitzert in Überdosis. Eine weihnachtliche, festliche Stimmung macht sich breit. Auch der antike, viel zu bunte Christbaumschmuck von Irene kann diese nicht trüben. Unser Christbaum sieht aus wie ein Ramschladen.
The same procedure as every year …
Am Schluss singen wir wie immer alle zusammen »Stille Nacht«. Normalerweise würden wir jetzt Geschenke auspacken und dann Kaffee trinken. Doch nun steht Pia auf.
»Ich danke euch, dass ihr mich heute in eure Stube eingeladen habt. Ich möchte auch etwas zum Fest beitragen und lese nun die Weihnachtsgeschichte vor. Nach dem Evangelium von Lukas«, sagt sie mit wackeliger Stimme, sichtlich ergriffen von unserem Weihnachtszauber.
Sie greift zur Bibel. Amelie und Lilly schauen mich fassungslos an und hoffen wohl, ich würde eingreifen. Aber wie sollte ich? Sie fängt ja bereits an.
»Zu jener Zeit ordnete Kaiser Augustus an …«
Ich schalte auf Durchzug und überlege, was ich als Nächstes tun werde. Den Tisch abräumen. Die Spülmaschine einräumen. Die Tischdecke ist so dreckig, die muss ich wohl mit einem Fleckenmittel behandeln. Rotweinflecken gehen sonst nicht raus. Die Reste vom Lammbraten werde ich morgen aufwärmen. Auch den übrig gebliebenen Salat muss ich nicht wegwerfen. Den Kartoffelsalat haben meine Gäste restlos weggeputzt. Habe ich zu wenig davon gemacht?

»… In jener Gegend waren Hirten auf dem freien Feld …«
Ich beobachte die kleine Runde. Pia liest ganz eifrig und genießt ihren Auftritt. Ihr Bruno liegt in einer Ecke im Korb und stinkt. Hoffentlich lebt er noch. Irene hat den Kopf leicht gesenkt, und ich frage mich, ob sie am Ende gar ein wenig eingenickt ist.
»… Sie liefen hin, kamen zum Stall und fanden Maria und Josef und bei ihnen das Kind in der Futterkrippe …«
Schließlich ist die Geschichte fertig, und die Hirten preisen Gott. Gut so.
Pia gibt aber noch keine Ruhe, sie steigert sich und hat jetzt eine noch bessere Idee: »Lasst uns zusammen den freudenreichen Rosenkranz beten.«
Rosenkranz beten?
Ich hör wohl nicht recht?
Rosenkranz beten, das konnte ich schon als Kind nicht leiden und habe mir dann vorgenommen, es einfach zu vergessen und in Zukunft nicht mehr zu können.
»Ich kann das nicht«, erkläre ich deshalb störrisch.
»Ich will das nicht«, doppelt Amelie undiplomatisch nach.
»Wir wollen das nicht«, echot Lilly.
Paul schweigt. Irene holt unerschüttert ihren Rosenkranz aus der Handtasche.
»Das ist wirklich nicht schwierig«, beruhigt sie uns und erklärt geduldig: »Die große Perle bedeutet ein Vaterunser, jede kleine Perle ein Ave-Maria mit einem der fünf Geheimnisse, dann kommt …«
»Nein, wir beten jetzt nicht Rosenkranz«, beschließe ich. »Das könnt ihr zwei Frauen doch später oben machen, nach unserer Feier.«
Paul schaut wieder einmal nur zu.
»Never«, sagt Amelie, verschränkt ihre Arme und schaut trotzig in die Runde.

»Religiöse Erziehung ist etwas ganz Wichtiges«, sagt Pia in meine Richtung, es fehlt nur noch, dass sie dies mit erhobenem Zeigefinger tut. »Leider wird das immer mehr vernachlässigt. Man sieht ja, was deshalb aus unserer Gesellschaft wird.«
In ihrer Familie sei immer viel gebetet worden.
Asche, Asche, Asche…
Trotzdem: Ich bin einen winzigen Augenblick lang versucht, Pia zu fragen, warum denn ihre ach so wunderbar wohlerzogene, ständig betende Tochter sie an Weihnachten nicht bei sich aufnehmen wollte. Warum sitzt Pia nicht unter dem Christbaum ihrer Tochter? Manchmal bin ich wirklich netter, als ich es sein möchte. Ich bin wahrscheinlich auch irgendwie wohlerzogen, ganz tief in meinem Inneren.
Paul versucht ein Ablenkungsmanöver und drückt Irene ihr Geschenk in die Hand. Die Mädchen lachen erlöst und holen auch Geschenke unter dem Baum hervor. Ein fröhliches Auspacken beginnt. Ich sitze gemütlich in einem Sessel und beobachte. Der Alkohol hat mir eine gewisse Distanz verschafft. Ich stehe, respektive sitze ein wenig neben mir. Irene freut sich über ihre Bratpfanne und strahlt. Ich staune. Irene schenkt mir die neusten Kochbücher aus unserer Region. Sie hat ja recht: Ich koche immer das Gleiche, mache kaum Experimente, lerne nichts Neues. Na, mal sehn, ob der neue Fundus daran etwas ändern kann… Paul freut sich über seine Bücher, die Mädchen über ihre E-Book-Reader. Von Paul bekomme ich die Halskette aus Corinnes Laden, die so gut zu meinem Silvesterkleid passt. Sie ist wunderschön. Mein Ehemann hilft mir, sie um den Hals zu legen, und flüstert mir dann ins Ohr: »Die blauen Steine und deine blauen Augen, das ist der Hammer. Ich liebe dich, Sonja.«
Wow!
Das ist ja ein regelrechter Gefühlsausbruch von einem Mann, der

in den letzten Wochen kaum ein nettes Wort für mich hatte. Das Fest der Liebe hat also auch gute Seiten. Wir umarmen uns einen Moment lang, und es fühlt sich gut an. Aber Irene räuspert sich deutlich. Sie findet wohl, das bisschen Zärtlichkeit gehe schon zu weit. Vor den Kindern ... Paul lässt mich schnell los, und ich falle enttäuscht zurück in meinen Stuhl. Paul wird wohl im Leben nie gegen seine Mutter für mich Stellung beziehen. In kleinen, wie in großen Dingen: Ich stehe am Ende immer allein da.

Es fällt keinem auf, wie schweigsam ich bin, solange der Service stimmt. Ich räume den Tisch ab und mache Kaffee, schneide dann die Torte an, die Paul so gern mag. Im Geiste rede ich mir gut zu und sage mir, dass Weihnachten fast überstanden ist.
Da habe ich allerdings die Rechnung ohne Irene gemacht. Es klingelt an der Haustür. Während wir uns alle noch verwundert gegenseitig anschauen, denn es ist immerhin neun Uhr abends, schießt Irene los. Sie hatte vorhin irgendetwas von einer Überraschung geredet. Und jetzt ist sie wohl da.
Ich höre etwas, das klingt wie ... ein Bellen, und dann das Kreischen und Jauchzen von Amelie und Lilly. Ich erstarre. Und versuche, gleichmäßig zu atmen, denn ich spüre, dass ich jetzt gleich und sofort ausrasten könnte.
Irene kommt mit den beiden Mädchen in die Stube zurück, und die Kinder tragen einen kleinen, weißen Hund auf den Armen.
»Wir haben einen Hund bekommen!«, sagen sie andächtig, als hätte man ihnen höchstpersönlich das Christkind vorbeigebracht und in die Arme gelegt.
Fröhliche Weihnachten!
»Paul!«, rufe ich hilfesuchend nach meinem Mann.
Er ist bleich, und ich sehe, wie er mit sich kämpft. Aber einmal mehr will und kann er sich nicht gegen seine Mutter durchsetzen.

Wir waren uns total einig: Es wird nie und nimmer einen Hund in unserem Hause geben. Nie, niemals und nimmer. Und jetzt ist einer da. Zugegeben, es ist nur eine halbe Portion, aber er ist da, und er wird ja wohl noch wachsen. Er wird Auslauf brauchen und seine weißen Haare im Haus verbreiten. Wenn die Begeisterung der Kinder nachlässt, habe am Ende ich ganz allein das Geschenk. Ich könnte kotzen.

»Danke, Oma. Du bist so lieb«, sagen die beiden, völlig gerührt und aufgelöst.

Oma strahlt. Ja, sie ist wirklich die Größte. Die Mädchen streicheln gerührt das weiße Hundebaby. Ich sitze da und weiß, hier hilft auch kein Kräuterlikör mehr.

»Paul!«, rufe ich noch einmal um Hilfe.

Sinnlos. Ich sehe, dass er sich ärgert, aber er schweigt. Habe ich wirklich etwas anderes erwartet?

»Das ist ein West Highland White Terrier«, erklärt Irene stolz. »Ein reinrassiges Tier. Es gehört euch.«

Amelie und Lilly jubeln.

Das Tierchen wird nervös, strampelt und bellt. Kein Wunder: die Lichter, das Gekreische, die fremde Umgebung. Die Mädchen setzen den Hund auf den Boden. Und dann staune ich nur noch. Es ist, als säße ich vor dem Fernseher und würde einen wahnsinnig witzigen Film sehen. Nur ist es kein Film und daher nicht ganz so witzig.

Bruno ist nämlich aus dem Reich der Halbtoten auferstanden, weil er einen jungen Hund hat bellen hören. Er kommt erstaunlich flink angedackelt. Das weiße Babytierchen wittert Gefahr und reißt sich los. Es gibt eine aberwitzige Verfolgungsjagd rund um den Christbaum, der ja ohnehin nie einen guten Stand hatte. Kein Wunder also, dass der Baum kippt. Immerhin haben wir keine echten Kerzen an den Ästen, sonst wäre das Ganze in ein Drama

ausgeartet. So bleibt die Geschichte im Rahmen einer Komödie. Der Baum kippt, und die Hälfte des kostbaren Familienschmucks zerbricht in winzige Splitter. Ein paar Kugeln rollen durchs Zimmer.
Irene schreit und bricht in Tränen aus.
Pia schreit und ruft nach ihrem Bruno.
Paul schreit einfach mal so.
Die Hunde hetzen durch die Wohnung.
Die Mädchen spurten hinterher.
Irene versucht, die umherrollenden Kugeln zu retten.
Paul bemüht sich, den Baum wieder aufzurichten.

Ich sitze still da und versuche mir einzubilden, es wäre wirklich ein Film. Ich fühle mich ohnehin nur noch als Zuschauerin. Und der Film gefällt mir immer weniger. Die Handlung geht in eine völlig falsche Richtung.
Irgendwann stehe ich auf, ziehe mich warm an, nehme meine Handtasche und verlasse das Haus. Es ist keine lang erwogene Entscheidung, kein durchdachter Entschluss, aber auch kein heimliches Abhauen. Ich mache es einfach. Ich merke, dass es reicht und dass es Zeit ist zu gehen. Es ist fast unheimlich. So etwas Verrücktes habe ich noch nie getan, und mir ist klar, dass diese Handlung Konsequenzen haben könnte.
Aber es ist mir egal.
Das Maß ist voll.
Schluss jetzt.

15

Die Nacht ist erstaunlich mild für die Jahreszeit. Der Mond leuchtet mit den Sternen um die Wette. Ich marschiere ziellos durch menschenleere Straßen. Aus manchen Häusern klingt leise Musik. Irgendwo kratzt eine Geige. Überall blinkt und glitzert es. Ob sie glücklich sind, die Familien hinter den Fensterscheiben? Vom Schein lasse ich mich nicht mehr beeindrucken. Ich ziehe mir die Mütze tief ins Gesicht.
In den Vorgärten stehen halb geschmolzene Schneemänner oder leuchtende Rentiere. Mir begegnen zwei Männer mit großen Hunden. Nein, Hunde mag ich im Moment gar nicht sehen. Mir drängt sich sonst das Bild auf, wie auch ich in Zukunft mit unserem weißen Etwas abends Gassi gehe. Und morgens. Und mittags sowieso.
Ich beschleunige meine Schritte. Mir wird warm, und mein Puls steigt. Es tut gut, mich wieder zu spüren. Ich lebe also noch.

Plötzlich klingelt mein Handy, und ich erschrecke ein wenig. Wahrscheinlich hat meine Familie jetzt mein Verschwinden bemerkt und sorgt sich um mich. Was mache ich hier? Habe ich das Recht, mich an einem Heiligen Abend einfach zu verdrücken? Ich bin eine Rabenmutter.
Asche, Asche, Asche …
Aber es ist Corinne.
»Hallo Sonja, ich grüße dich von der anderen Seite der Welt«, höre

ich ihre lachende Stimme. »Bei uns ist es morgens um drei! Sorry, aber ich bin ein wenig beschwipst. Bevor ich schlafen gehe, wollte ich dir noch fröhliche Weihnachten wünschen.«

»Was habt ihr denn gefeiert? Weihnachten etwa?«, frage ich spöttisch.

Ich weiß doch genau, dass man Weihnachten nicht entkommen kann, egal, wohin man reist.

»Ach, wir haben einfach mal so gefeiert. Weihnachten findet hier nicht statt. Wie geht es dir?«

»Alles okay. Weihnachten ist ja sozusagen überstanden«, lüge ich. Wieso sollte ich sie beunruhigen? Ich kann ihr ohnehin nicht erklären, was mit mir los ist, wo ich mich selber gerade nicht verstehe. Sie soll ihre Tage genießen.

»Du klingst aber komisch, Sonja«, argwöhnt Corinne.

»Ich bin abgehauen und mache einen kurzen Spaziergang. Das habe ich gebraucht. Ich erzähle dir alles ganz genau, wenn du wieder zurück bist. Geh jetzt schlafen, Corinne«, rede ich meiner Schwester zu.

Sie wirkt total aufgekratzt: »Wir werden uns noch ein wenig draußen auf die Liegestühle legen, Charly und ich, die Sterne bewundern, dem Rauschen des Meeres zuhören und überhaupt. Es ist um diese Uhrzeit noch 25 Grad warm hier. Ein Paradies!«

»Schön, Liebes. Das freut mich für dich. Nett, dass du an mich gedacht hast.«

Dann hängt sie einfach auf, oder die Leitung wird unterbrochen. Corinne!

Ich marschiere immer weiter. Über den Hauptplatz. An der Kirche vorbei. Bald beginnt dort der Mitternachtsgottesdienst. Und ich gehe nicht hin. Wie eine Schulschwänzerin komme ich mir vor. Ich gehe weiter, komme zum Friedhof. Wollte ich hier hin?

Eigentlich nicht. Aber wenn ich schon einmal da bin, muss ich das Grab meiner Eltern besuchen. Die Stimmung hier ist heute extrem weihnachtlich, denn auf vielen Gräbern brennen Lichter. Dabei sind kaum Menschen unterwegs. Die kommen wohl erst wieder nach der Mitternachtsmesse.

Und dann stehe ich da, am Grab meiner Eltern, und fühle – nichts. Es ist wie immer: Ich finde keinen Trost, wenn ich hier stehe. Im Fernsehen werden an Gräbern immer sinnreiche Selbstgespräche geführt, und viele Trauernde finden Halt und Hilfe, wenn sie am Grab ihrer Lieben weinen können. Ich stehe hier immer völlig ratlos und kann den klobigen Grabstein und den Flecken Erde nicht wirklich mit meinen Eltern in Verbindung bringen. Wieso sollte ich mich ihnen hier nahe fühlen? Wenn ich Plätze besuche, an denen wir gemeinsam waren, wenn ich Fotos anschaue, alte Briefe von ihnen lese, wenn ich irgendwo fest an sie erinnert werde, dann fühle ich mich ihnen viel näher als hier, wo ihre Körper vor sich hin modern. Und doch bin ich jetzt hier. Weihnachten halt.

Auf dem Grab meiner Eltern brennt kein Licht. Ich schaue mich um und sehe, dass auf einem Nachbargrab mehrere Lämpchen brennen. Da werde ich mir doch eines ausleihen dürfen? Ganz schnell und frech nehme ich mir ein Grablicht und stelle es auf das Grab meiner Eltern.

»Sie haben vom Grab meines Mannes ein Grablicht gestohlen«, sagt plötzlich eine Stimme neben mir.

Ich glaubte, allein hier zu sein, und erschrecke fürchterlich.

»So etwas tut man nicht«, tadelt die alte Dame mich. Richtig böse scheint sie aber nicht zu sein.

»Ihre Eltern?«, fragt sie, mit Blick auf den Grabstein.

Ich nicke.

»Die werden sich nicht über ein geklautes Grablicht freuen«, kommentiert sie und mustert mich unter ihrer Brille hervor mit großen Augen.
»Schon gut«, sage ich schnell. Mir ist es ja längst furchtbar peinlich. Stehlen, das tue ich nun wirklich normalerweise nicht. »Ich stelle es sofort wieder zurück. Es tut mir leid. Das kam einfach so über mich, und es gibt eigentlich keine Entschuldigung dafür.«
Die Dame lächelt und sagt freundlich: »Nehmen Sie das Licht als Weihnachtsgeschenk. Behalten Sie es.«
»Entschuldigung!«, sagt da eine Stimme hinter uns, und wir drehen uns beide erschrocken um. »Ich habe Sie über Grablichter reden hören. Wo könnte ich wohl eines bekommen? Es ist für meinen Mann.«
Ich mustere die Frau, denn ihre Stimme kommt mir bekannt vor, aber in der Dunkelheit kann ich kaum etwas erkennen.
»Karin? Bist du das?«
»Sonja?«
Wir umarmen uns.
»Du kannst mein Grablicht haben. Die Dame hier hat es mir gerade geschenkt«, biete ich spontan an.
Meine Güte, schießt es mir durch den Kopf. Karins Mann ist gestorben! Was für eine Weihnacht für die junge Frau!
»Nein, nein, ich habe ja noch mehr davon«, bietet die alte Frau großzügig an. »Suchen Sie sich eines aus. Heute soll keiner im Dunkeln trauern.« Die Lämpchen seien ja weniger für die Verstorbenen, sondern vielmehr für die Hinterbliebenen da. »Ich bin Bernadette«, stellt sie sich schließlich vor.
Wir reichen uns die Hände. Gemeinsam bringen wir das Licht zum Grab von Karins Mann. Es ist wie eine kleine Prozession. Feierlich stellt Karin das Lämpchen in den Schnee. Dabei sehe ich ihre Tränen. Wir stehen eine Weile gemeinsam da. Ich versuche,

ein kleines Gebet zu sprechen, bin aber nicht wirklich gut darin. Irgendwann sagt Bernadette: »Ich wohne gleich dort drüben in dem Haus, wo der rote Stern im Fenster hängt. Ich würde Ihnen gern Kaffee kochen.«
Warum nicht? Bernadette scheint allein zu sein, ich will noch nicht nach Hause, und Karin sieht so aus, als könnte sie etwas Gesellschaft brauchen. Und die alte Dame wohnt wirklich kaum fünfzig Meter weiter.
»Keine Sorge: Ich habe schon öfter hier auf dem Friedhof Leute zu mir eingeladen. Mir macht es Freude, wenn ich helfen kann.«
So sieht sie aus.
Wir sind ein eigenartiges Trio, Karin, Bernadette und ich.

In Bernadettes Wohnung ist es angenehm warm. Erst jetzt spüre ich die Kälte der Nacht. Karin ist völlig durchfroren. Wer weiß, wie lange sie bereits auf dem Friedhof war. Bernadette verschwindet in der Küche, wo ich sie mit Töpfen und Geschirr klappern höre. Karin lässt sich in einen weichen, alten Polstersessel fallen und weint leise vor sich hin. Ich setze mich neben sie und streiche ihr übers Haar. Sie hat wunderschönes, schwarzes Haar. Auch ein Schneewittchen, wie meine Mädchen.
Karin und ich kennen uns nicht besonders gut. Aber wir haben früher ein paar Jahre zusammen in einem Jugendchor gesungen. Sie durfte oft die Soli übernehmen, und ich habe sie heftig um ihre starke Stimme, ihr selbstsicheres Auftreten und ihre ätherische Schönheit beneidet.
Irgendwann verloren wir uns dann aus den Augen. Sie machte eine Ausbildung in der Gastronomie und wohnte nicht mehr hier in der Gegend. Bis ich vor ein paar Jahren hörte, dass sie mit ihrem Ehemann ein Hotel auf dem Stoos führe. Paul und ich haben sie diesen Sommer einmal besucht, als wir ohnehin gerade oben wa-

ren. Das kleine Hotel machte einen guten Eindruck, und Karin schien auch als Wirtin ganz in ihrem Element zu sein, versprühte ihren Charme und arbeitete für zwei.
Es muss viel geschehen sein, um jene strahlende Frau in diesen verzweifelten Zustand zu versetzen.

Bernadettes Wohnung ist ein gemütliches Sammelsurium von Erinnerungsgegenständen und alten Möbeln. Eine liebenswerte Mischung aus Antiquitäten und Ramsch. Sie freut sich, Besuch zu haben. Hätte sie sonst Weihnachten allein verbringen müssen?
Bernadette bringt uns dampfenden Kaffee in die Wohnstube, dazu stellt sie selbst gebackene Kekse hin. Karin weint jetzt nicht mehr. Ihr Gesicht hat wieder ein wenig Farbe bekommen. Trotzdem redet sie nicht, und wir wollen sie nicht bedrängen.
Bernadette möchte wissen, warum ich denn so allein auf dem Friedhof war. Ich erzähle knapp meine Beweggründe. Bernadette lacht nur über meine Flucht.
»Ja, ja, manchmal muss man einfach gehen. Einerseits, um selber den Kopf wieder freizubekommen, andererseits um auch den anderen die Gelegenheit zu geben, nachzudenken.«
Sie könne das gut verstehen. Allerdings hätte sie so etwas nie gemacht.
»Ich war immer viel zu brav.« Sie zitiert Mark Twain: »In zwanzig Jahren wirst du mehr enttäuscht sein über die Dinge, die du nicht getan hast, als über die Dinge, die du getan hast.«
Bernadette gießt Kaffee nach und fährt weiter: »Glaubt einer alten Frau: Das stimmt genau. Aber es ist natürlich kein Freibrief, jede beliebige Dummheit zu begehen.«
Sie lacht und zündet ein paar Kerzen an.
»Fröhliche Weihnachten«, sagt sie und hebt die Kaffeetasse, als wärs ein Champagnerglas. »Ihr habt mein Weihnachten gerettet.«

Jetzt huscht erstmals ein Lächeln über Karins Gesicht.
Bernadette streicht eine kleine Haarsträhne aus dem Gesicht. Die restlichen grauen Haare hat sie am Hinterkopf zu einem Knoten aufgesteckt. Sie erinnert mich an eine Figur aus dem Kasperletheater meiner Kinder. Die klassische Oma. Haarknoten und Nickelbrille, rundliches, freundliches Gesicht.
»Mein Mann liegt da unten, Norbert«, sagt sie und deutet mit dem Kopf Richtung Friedhof. »Schon seit fünfzehn Jahren. Er starb einfach so, von einem Tag auf den anderen, friedlich und völlig unerwartet. An einem Morgen wachte er nicht mehr auf.«
Anfangs sei sie richtig wütend gewesen, dann verzweifelt, später sei da nur eine Leere gewesen, riesengroß, eine vernichtende Einsamkeit.
»Fast hätte ich mich in dieser Leere aufgelöst. Aber dann habe ich mich wiedergefunden. Heute spaziere ich oft über den Friedhof und spreche Menschen an, wenn ich denke, sie bräuchten Hilfe. Schon ein wenig verrückt, nicht wahr?«
Aber das tue ihr gut.
»Es gibt Menschen, die nennen mich den guten Geist vom Friedhof. Für andere bin ich nur eine verrückte Alte.«
Wir sitzen einen Moment lang schweigend da, und die Standuhr tickt laut vor sich hin.
»Ihr könnt ruhig noch eine Weile hier bleiben. Aber vielleicht müsst ihr jemanden benachrichtigen? Es ist schon Mitternacht.«
Es ist mir ein wenig peinlich, dass mich die alte Dame an etwas erinnern muss, das mir auch selber hätte einfallen können. Ich habe schließlich eine Familie. Sie dürfen sich gern ärgern, aber sie sollten sich nicht unnötig um mich sorgen müssen.
Also schreibe ich eine SMS an meinen Mann: »Bin bei einer Freundin. Wartet nicht auf mich. Es geht mir gut. Fröhliche Weihnachten.«

Dies schicke ich auch als Kopie an Amelie und Lilly. Dann schalte ich mein Handy aus.
Karin sagt, keiner warte auf sie. Die Bahn auf den Stoos fahre erst am Morgen wieder. Kurz nach sieben fahre der Bus ab Schwyz an die Talstation. An eine Unterkunft habe sie bei ihrer spontanen Aktion gar nicht gedacht. »Ich wollte einfach auf den Friedhof.« Sie nehme die Gastfreundschaft deshalb besonders gern an.
»Dann haben wir ja noch die ganze Nacht«, freut sich Bernadette, räumt eifrig den Tisch im Wohnzimmer frei und rückt Stühle zurecht.
Sie holt Jasskarten aus ihrem Bauernschrank.
»Was meint ihr? Tschau Sepp?«
Wir sind dabei. Warum auch nicht. Mit einem leichten Kartenspiel kann man sich ein wenig ablenken, muss aber nicht zu viel denken. Ich mag noch nicht heimgehen. Karin kann gar nicht heimgehen. Also was solls? Spielen wir.
Bernadette stellt drei Schnapsgläser auf den Tisch und gießt einen rötlichen Saft ein.
»Bündner Röteli. Hilft gegen alles. Kirschlikör mit weihnächtlichen Gewürzen.«
Bernadette kommt als Gastgeberin immer mehr in Fahrt. Wer weiß, ob sie uns hier jemals wieder weglässt. Wer weiß, ob wir hier jemals wieder weggehen wollen? Ich bin jedenfalls schon lange nicht mehr so liebevoll bemuttert worden.
Sie prostet uns fröhlich zu. Mit ihrer unkomplizierten Freundlichkeit erobert sie unsere Herzen im Sturm. Der Bündner Röteli verbreitet im ganzen Körper eine wohlige Wärme.

Wir spielen eine Stunde lang Karten. Tschau Sepp: Bei der Sieben zwei Karten aufnehmen, bei der Acht eine Runde aussetzen …
Was für eine Weihnachtsnacht!

Ich spüre es, das Fest der Liebe, hier in dieser fremden Stube, wo drei Menschen sich gefunden haben. Eigentlich wollte ich doch genau so feiern: unkompliziert, spontan, in fröhlicher Eintracht. Ab und zu trinken wir einen Röteli. Später wärmt Bernadette ein paar Würstchen und serviert sie mit Brot und Senf. Dazu gibt es wieder Kaffee.
Endlich ist Karin bereit zu reden. Und wo sie dann schon mal anfängt, hört sie nicht mehr auf.
»Mein Mann Lukas ist an Allerheiligen gestorben. Er ist auf dem Hoteldach herumgeklettert, um einen losen Ziegel zu befestigen, und ist abgestürzt. Er war sofort tot.«
Bernadette und ich hängen an ihren Lippen.
»Ich habe einen achtjährigen Sohn, Tim. Er geht in die zweite Klasse. Und ein Hotel. Und ich schaffe es einfach nicht allein. Das Haus müsste renoviert werden. Es stehen dringende, unaufschiebbare Investitionen an. Die Bank hatte uns einen Kredit in Aussicht gestellt. Aber jetzt drehen sie plötzlich den Geldhahn zu. Lukas war ein wichtiger Mann im Hotel. Viele hatten das Gefühl, er würde nicht gerade viel arbeiten. Aber von wegen! Die haben nicht gesehen, wie wichtig er für unsere Gäste war. Die Leute kamen zu Lukas in den Urlaub. Er war immer für sie da. Er hat für Unterhaltung gesorgt. Er hat Schneeschuhtouren und Wanderungen organisiert. Bei schlechtem Wetter konnte er die Gäste sogar mit einem Wettschneeschaufeln bei Laune halten. Er machte mit ihnen Spielturniere oder nahm sie abends mit auf eine Tour durch den Ort, von Kneipe zu Kneipe. Die anderen Wirte haben sich dann revanchiert und kamen auch mal zu uns mit ihren Gästen. So läuft das halt. Manchmal hat Lukas sich ans Klavier gesetzt und mit den Leuten gesungen. Dafür haben sie ihn fast schon vergöttert.«
Klingt ganz nach einem Hotelier der Herzen.

»Und jetzt fehlt er. Überall. Vor allem mir. Und ich muss so tun, als hätte ich den gröbsten Schmerz überwunden, damit mir nicht noch die wenigen Hotelgäste abhandenkommen, die nicht ohnehin schon ihre Buchung annulliert haben. Viele wollen nicht in einen Familienbetrieb kommen, wo gerade jemand gestorben ist. Als hätten wir die Pest. Nun ja, ich kann es verstehen. Irgendwie. Die Leichtigkeit ist raus bei uns. Aber wenn ich die Gäste im Januar und Februar nicht halten kann, bekomme ich riesige finanzielle Schwierigkeiten. Eigentlich habe ich die schon. Der Umsatz ist bereits eingebrochen, und ich habe keine Ahnung, wie ich die nötigen Investitionen stemmen soll und ob es sich noch lohnt, eine Saison wirklich durchzuziehen. Und ob ich überhaupt noch die Energie dazu aufbringen kann.«

Ihr Schwager habe ihr angeboten, das Haus abzukaufen, damit sie den Stoos verlassen könne. Aber sie sei gar nicht in der Lage, Entscheidungen zu treffen.

»Und diese Entscheidungen betreffen ja auch Tim, der ein glückliches Stooskind ist. Und meine langjährigen Angestellten, die auch ein wenig Familie für mich sind. Außerdem fühle ich mich inzwischen auf dem Stoos zu Hause. Wohin soll ich gehen, wenn ich unser Hotel verliere?«

Eine dicke Träne kullert über ihr Gesicht, als wärs die letzte, einzige, die sie noch nicht geweint hat. Ihre traurige Geschichte rührt mich. Sogar die gesprächige Bernadette schweigt.

Was soll man dazu auch sagen?

Karin braucht Hilfe. Jetzt.

In meinem Kopf überschlagen sich die Gedanken. Ich bin versucht, heimzugehen, meine sieben Sachen zu packen, und mit Karin auf den Stoos zu fahren. Ich suche einen Job. Hier wäre einer. Und zwar einer, bei dem sämtliche meiner Talente gefragt wären. Eigentlich ideal.

Aber ich habe eine Familie.
Ich habe einen Mann.
Auch wenn sie mir heute auf die Nerven gegangen sind, gehören sie doch zu mir, und ich kann sie nicht einfach im Stich lassen, von heute auf morgen.
Aber vielleicht auf übermorgen?
Im neuen Jahr?
»Wo ist denn Tim jetzt?«, fragt Bernadette besorgt.
»Emil, mein Schwager, hat mit uns gefeiert, wie jedes Jahr. Aber es war ein trauriges Fest. Schließlich schickte er mich auf die letzte Bahn hinunter nach Schwyz, weil er wusste, dass ich gern auf den Friedhof gehen wollte. Er blieb bei Tim. Die beiden haben gespielt, als ich ging. Emil wird bei Tim übernachten.«
Bernadette räumt nun endgültig die Spielkarten weg.
»Karin, mir kommt gerade ein Gedanke: Ich war seit ewigen Zeiten nicht mehr im Urlaub. Kann ich mit dir auf den Stoos kommen? Ich brauche ein wenig Luftveränderung, und ich glaube, du brauchst jemanden an deiner Seite. Ich bin zwar achtzig und keine große Hilfe mehr bei der Arbeit, aber ich kann dir eine Stütze sein, wenn du möchtest.«
Puh, jetzt kommen sogar mir die Tränen. Karin schluchzt, und die beiden Frauen umarmen sich.
»Gut, dann gehe ich packen und schreibe einen Zettel für meine Nachbarin«, sagt Bernadette, und schon poltert sie in der ganzen Wohnung herum und sucht ihre Sachen zusammen.
»Karin, ich brauche ein paar Tage. Dann komme ich auch zu dir. Ich helfe dir da und dort und wo ich kann. Weißt du, ich habe gerade keinen Job.«
Ich erkläre ihr, warum ich nicht spontan mitkommen kann.
»Und am Silvester möchte ich meinen Mann zu seinem Ball begleiten und damit ein Zeichen setzen. Wir müssen die Kurve noch

einmal kriegen. Unsere Beziehung ist eigenartig geworden, so flach, so lieblos.«

»Mach das, Sonja«, antwortet Karin verständnisvoll. »Kümmere dich um deinen Mann und um eure Ehe, solange du ihn noch hast. Es gibt enorm viel, was ich heute anders machen würde, enorm viel, das ich Lukas noch sagen möchte. Ich bedaure, dass ich mir nicht viel mehr Zeit für ihn und für uns genommen habe. Machs besser!«

Wir umarmen und drücken uns. Es fühlt sich gut an, nach Freundschaft, nach etwas, das bleibt.

Nach einer Weile kommt Bernadette mit drei großen Grablichtern in den Armen ins Wohnzimmer.

»Kommt, wir gehen noch einmal über den Friedhof. Karin muss sich noch richtig verabschieden.«

Also gehen wir nochmals raus in die Nacht und besuchen drei Gräber. Es ist eine ganz und gar eigenartige Weihnachtsprozession. Der Friedhof ist menschenleer. Am Grab meiner Eltern zünden wir das neue Grablicht an. Ich versuche, den beiden Frauen meine Gefühle zu beschreiben, die mich überkommen, wenn ich am Grab meiner Eltern stehe.

Bernadette versteht mich sofort.

Karin hingegen meint: »Ich hätte das Grab so viel lieber auf dem Stoos. Es ist eine zusätzliche Belastung, dass mein Lukas hier unten begraben liegt.«

»Warum liegt er dann hier?«, frage ich verwundert.

Und für einen Moment habe ich uns drei vor Augen, wie wir den Mann ausgraben und heimlich umsiedeln. Ich wäre gerade zu allen Schandtaten bereit.

»Es gibt keinen Friedhof auf dem Stoos. Unsere Toten liegen in Morschach. Lukas hat aber hier einen Platz in einem Familien-

grab gefunden, in welchem schon seine Großeltern und seine Eltern liegen«, erklärt Karin.
»Blödsinn. Zum Trauern brauchst du dieses Grab nicht«, sagt Bernadette forsch. »Wir werden zusammen einen schönen Gedenkplatz für deinen Mann auf dem Stoos einrichten. Versprochen.«
Am Grab von ihrem eigenen Mann spricht sie ein paar Worte zu ihm: »Schau mal, Norbert, ich habe wunderbare Menschen kennen gelernt, Karin und Sonja. Es kommt mir fast vor, als hättest du da die Hand im Spiel gehabt. Danke für das schöne Weihnachtsgeschenk!«
Ein verzauberter Moment. Ich bin tief gerührt und berührt. Als Karin am Grab ihres Mannes plötzlich »Amazing Grace« zu singen beginnt, laufen auch mir die Tränen übers Gesicht.

Amazing grace, how sweet the sound,
That saved a wretch like me!
I once was lost, but now I am found,
Was blind, but now I see.

Karin singt einfach vor sich hin, aber so gefühlvoll und großartig, dass es uns durch Mark und Bein geht.

The Lord has promised good to me,
His word my hope secures;
He will my shield and portion be,
As long as life endures.

Karin hatte schon als Mädchen eine bezaubernde Stimme, aber sie ist jetzt tausendmal besser, reifer, musikalischer geworden.
Wir verlassen den Friedhof schweigend und gehen zurück in Bernadettes Wohnung. Es ist bereits halb sechs.

»Danke«, sagt Karin und drückt uns die Hände.
Und wir geben diesen Dank zurück. Denn wir haben uns alle im richtigen Moment gefunden, und wir haben nicht vor, uns wieder zu trennen. Nur vielleicht vorübergehend und bloß räumlich. Wären wir Teenager, hätten wir noch einen Freundschaftsschwur geleistet: Eine für alle, alle für eine. Aber wir wissen das hier und jetzt auch so.
Als ich den beiden später an der Bushaltestelle nachwinke, bin ich zwar traurig, aber gleichzeitig erfüllt von dem schönen Gefühl, ganz besondere Freundinnen gefunden zu haben, Seelenverwandte.
Vielleicht war es ja wirklich kein Zufall, sondern ein Weihnachtsgeschenk?
Fröhliche Weihnachten!

Ich bin in einer merkwürdigen Verfassung, als ich zu Hause ankomme. Übernächtigt, fast beschwipst, völlig aufgekratzt und mit einem leicht schlechten Gewissen. Aber alle schlafen. Nur ein kleines, weißes Wuschelhündchen kommt angerannt und bellt mich zaghaft an.
»Hallo du«, sage ich und streichle dem Tierchen übers Fell. »Willkommen in dieser verrückten Familie.«
Ich werde mich zwangsläufig mit dem Hund anfreunden müssen. Ich weiß, wann ich verloren habe. Eigentlich sieht er nett aus, mit seinen aufrechten Öhrchen und dem lustigen Gesicht. Nein, ein Wunschhund ist er nicht.
Aber egal.
Dann ist er halt auch hier.
Immerhin hat er dem hässlichen alten Christbaumschmuck den Garaus gemacht, was mir ja nie gelungen ist. Jetzt ist der Baum nur noch mit alten Lamettafäden und ein paar Kerzen geschmückt. Das

gefällt mir ausnehmend gut. Der ganze bunte Ramsch ist weg. Und nächstes Jahr können wir neuen, schönen Christbaumschmuck kaufen.
Vielleicht sind es die Nachwirkungen des Rötelis, die mich so gelassen machen. Selbst als ich feststellen muss, dass keiner auf die Idee gekommen ist, die Küche aufzuräumen, bleibe ich ruhig. Was hatte ich erwartet? Sie haben einfach das dreckige Geschirr in die Küche geräumt und sind zur Kirche gegangen. Wie immer. Und danach waren sie natürlich zu müde, um aufzuräumen.
Mir kommen diese banalen Küchenarbeiten jetzt gerade recht. Ich räume die Spülmaschine ein, wasche dies und das von Hand. Ich räume auf und um und hin und her. Auf diese Weise komme ich ein wenig runter. Ich decke den Tisch für den Brunch und mache alles bereit.
Das winzige Hundetier verfolgt jede meiner Bewegungen und trottet hinter mir her, von Raum zu Raum. So wird das also in Zukunft sein: Ich werde keinen Schritt mehr allein tun können. Ich habe einen Hund.
Fröhliche Weihnachten!

Es ist schon halb neun, als ich endlich ins eheliche Schlafzimmer schleiche. Ich schlüpfe unter die Decke, neben meinen schnarchenden Mann, der nicht aufwacht. Ich bin völlig fertig. Natürlich bin ich durchwachte Nächte nicht mehr gewohnt. Ich rücke ein wenig näher zu Paul, spüre seine Wärme und schlafe sofort ein.

16

Bis um halb zehn lässt man mich schlafen. Dann aber rüttelt Paul mich beharrlich aus dem Schlaf.

»Guten Morgen, Sonja, gleich beginnt der Brunch.«

Stimmt.

Es ist immer noch Weihnachten.

Und dazu gehört der Familienbrunch.

The same procedure as every year…

Da ich ja alles schon so gut vorbereitet habe, gönne ich mir eine Dusche, ziehe ein Strickkleid an, male mir ein wenig Farbe ins Gesicht und finde mich am Familientisch ein.

Paul ist süß. Es behandelt mich wie ein rohes Ei. Ich glaube, er denkt, ich bin kurz vor dem Durchdrehen. Oder hat er endlich gemerkt, dass auch ich nicht alles schlucke und dass er ein wenig sorgsamer mit mir umgehen muss? Kaum.

Die Mädchen kichern nur albern und umarmen mich.

»Wir haben dich lieb.«

Sie sind zudem ein wenig unsicher, denn sie haben wohl Bedenken, ob ich ihnen den Hund durchgehen lasse oder ob ich auf mein Vetorecht pochen werde.

Irene und Pia begrüßen mich steif. Sie scheinen beleidigt zu sein. Mein Benehmen war bestimmt unakzeptabel für die alten Damen. Mit ihrer Missbilligung kann ich aber sehr gut leben. Bruno haben sie oben in der Wohnung gelassen. Wie schön. Nur schon dafür

müsste das weiße Hundekind einen Orden bekommen: Er hat das stinkende Dackeltier vertrieben.
Alle wollen natürlich wissen, wo ich gestern Abend war. Gut, dass nicht alle wissen, wie lange ich wirklich fort geblieben bin. Ich erzähle ein wenig, dies und das. Die Mädchen finden es cool, dass ich auf dem Friedhof neue Freundinnen gefunden habe. Irene schüttelt den Kopf. Paul wundert sich, aber da er Karin flüchtig kennt, weiß er immerhin, von wem ich rede.
Um dann das Thema zu wechseln, frage ich: »Wie wird euer Hund denn nun heißen?«
Sie schauen mich an.
»Darf er denn bleiben?«, fragt Lilly und beißt sich auf die Unterlippe.
»Können wir ihn behalten?«, will auch Amelie wissen.
Paul sagt: »Ich habe den Mädchen gesagt, dass sie das mit dir besprechen müssen und dass hier das letzte Wort noch nicht gesprochen ist.«
Ha. Klar. Ich muss das entscheiden. Dabei hatten Paul und ich das längst entschieden. Er hält sich raus, wie immer.
»Ich wollte nie einen Hund«, gebe ich zu bedenken.
»Du wolltest auch nie Zwillinge«, wirft Lilly vorlaut ein. »Und jetzt hast du uns lieb.«
Da muss ich lachen.
»Ja, wo er dann halt hier ist, wird er wohl bleiben.«
Die Mädchen wollen schon anfangen zu jubeln, aber ich halte sie zurück und richte mein Wort an meine Schwiegermutter: »Ich nehme es dir wirklich übel, dass du so ein Geschenk machst, ohne mit uns allen darüber zu reden. Paul und ich wollten nie einen Hund. Auf keinen Fall. Das hast du genau gewusst. Und Amelie und Lilly wollten einen anderen, größeren Hund, wenn schon. Du stellst uns einfach vor vollendete Tatsachen, und das soll nicht wie-

der vorkommen. In Zukunft werde ich das nicht mehr akzeptieren. Außerdem erwarte ich von dir, dass du für den Hund sorgst, wenn ich wieder arbeite und die Kinder zur Schule gehen.«
Uff. Derart deutlich habe ich Irene noch nie meine Meinung gesagt.
Paul unterstützt mich immerhin so viel: »Wo Sonja recht hat, hat sie recht.«
Irene nickt und schweigt.
Jetzt jubeln Amelie und Lilly, und sie umarmen mich und machen den Hund wieder ganz wahnsinnig mit ihrem Geschrei. Auf einen Namen für das weiße Knäuel haben sie sich noch nicht einigen können.
»Snow, das wäre doch schön.«
»Oder Cäsar, wie der Hund aus der Werbung.«
»Prinz.«
»Oskar.«
Irene räuspert sich, legt ein Blatt Papier auf den Tisch und erklärt: »Der Hund hat vom Züchter einen Namen bekommen. Er heißt Chico. Das heißt auf Spanisch Knirps. Den muss man natürlich nicht behalten.«
Chico.
Einen Moment lang sind alle still.
Nur der kleine Hund bellt, als hätte er seinen Namen gehört und würde sich zum Appell melden.
Chico.
Das ist genau der richtige Name.

Diesmal helfen alle beim Aufräumen, und als sich die Familie zum gemeinsamen Spaziergang mit zwei Hunden aufmacht, klinke ich mich aus.
»Bitte weckt mich heute nicht mehr!«, rufe ich ihnen noch nach, bevor ich mich noch einmal ins Bett verkrieche.

Die Reste vom Brunch reichen für ein kleines Abendessen. Das können meine Leute allein herrichten. Ich will nichts mehr sehen, hören, riechen. Nur noch schlafen. Die Sonne scheint mir dabei ins Gesicht, aber das stört mich überhaupt nicht, im Gegenteil.

17

Weihnachten 2012 ist Geschichte.
Überstanden.
Vorbei.
»Weihnachtszeit! Wer spricht von Siegen? Überstehen ist alles!«, soll Rilke einmal geschrieben haben.
Ganz so schlimm war es doch gar nicht. Ich muss lächeln, wenn ich an die vergangenen Tage denke. Was für ein Weihnachtsfest! Jetzt kehrt zwar nicht gerade der Alltag ein, aber man kann den Blick wieder nach vorn richten, ohne ständig an diesem Fest hängen zu bleiben. Bald kommt Silvester und dann ein neues Jahr. Dieser Gedanke tut mir gut. Natürlich bin ich mir nicht vollkommen sicher, ob das neue Jahr wirklich so viel Optimismus verdient hat, aber ich bin voller Zuversicht: Alles wird gut, wenn nicht sogar besser, aber auf jeden Fall anders.

Die Mädchen haben Ferien und fahren oft zum Snowboarden in die Berge. Paul bereitet den großen Silvesterball vor. Es wird der letzte Ball dieser Art sein. Die Bank will in Zukunft andere Wege gehen und neue, trendigere Wohltätigkeits-Events organisieren. Umso mehr legt sich Paul ins Zeug. Irene zeigt sich kaum noch.

Pia ist immer noch bei ihr und scheint gar nicht mehr an Abreise zu denken. Vielleicht tut das den beiden Frauen ja gut. Mich stört die alte Dame nicht. Und es ist ganz angenehm, wenn Irene ein wenig beschäftigt ist und daraufhin ihre Nase nicht ständig in meine Familienangelegenheiten steckt.

Wie ich es vorausgesehen habe, spaziere ich nun öfter mit dem kleinen Chico durch die Gegend, warte geduldig, bis er sein kleines oder großes Geschäft verrichtet hat, packe sogar seine Exkremente in rosarote Tüten, die ich bis zum nächsten Sammelkasten trage. Ich ärgere mich nicht, wundere mich bloß. Ich schüttle den Kopf über mich, aber der Hund hat mein Herz längst erobert. Was kann er dafür, dass wir ihn nicht wollten? Er ist süß, anhänglich, verspielt. Und sobald er mich sieht, folgt er mir wie ein Schatten. Die Mädchen sind bereits eifersüchtig. Keine Ahnung, warum er gerade an mir einen Narren gefressen hat, wo ich mich doch am wenigsten für ihn interessiert habe. Er ist halt ein Männchen, und die ticken vielleicht so.

Sogar Karin und Bernadette haben den kleinen Chico bereits kennen gelernt. Per Computer. Ja, ich halte den Kontakt und pflege die neue Freundschaft. Täglich skypen wir. Ich weiß, dass die beiden da oben auf dem Stoos die Lage im Griff haben. Allerdings hätten schon wieder Gäste abgesagt, die im Februar kommen wollten. »Wenn sogar der Februar nicht mehr ausgebucht ist, hocke ich tief in der Tinte«, sagt Karin und schaut düster in die Kamera.
Ja, das ist natürlich für eine Bank ein Zeichen, dass der Betrieb in Gefahr ist, und so kann sie einfach keine weitere Hypothek zusagen. Ich weiß, wovon ich rede. Karin müsste zeigen können, dass es mit den Einkünften genau gleich weiterläuft, auch ohne ihren Mann. Dann hätte sie eine Chance.

Es ist wirklich traurig.

Bernadette sieht gut aus. Sie hat Farbe bekommen da oben auf dem Berg.

»Ich habe mich mit dem kleinen Tim angefreundet und kann auf diese Weise Karin ein wenig unterstützen«, erzählt sie, und ich glaube nur zu gern, dass Bernadette eine große Stütze sein kann. Allerdings bräuchte Karin eher ein Wunder, nicht bloß eine Stütze.

»Ich habe Paul schon gesagt, dass ich im Januar ein paar Tage bei euch Ferien machen werde«, berichte ich. »Er hat nichts dagegen. ›Wenn du nur wiederkommst‹, hat er gesagt. Ich glaube, er ist durchaus ein wenig erschrocken, als ich an Weihnachten einfach so wortlos das Haus verlassen habe.«

»Wir freuen uns auf dich«, rufen die beiden noch, dann müssen sie wieder an die Arbeit. Die wenigen Gäste wollen sie natürlich doppelt verwöhnen.

18

Silvester.

Ich bin aufgeregt.

Am Morgen gehe ich zum Friseur, der mir die Haare hochsteckt, als würde ich heiraten. Die Frisur sieht sehr festlich aus und steht mir gut, sagen zumindest meine kritischen Töchter. Ich wage kaum noch, meinen Kopf zu bewegen. Abends schlüpfe ich vorsichtig in mein Kleid – eigentlich ist es eher eine Robe.

»Krass. Ich würde dich gar nicht erkennen, wenn ich dich im Fern-

sehen auf einem roten Teppich sehen würde«, kommentiert Lilly meinen Look.
Ich komme mir selber ein wenig fremd vor, irgendwie verkleidet. Aber es macht auch Spaß. Ja, ich gehe heute als Prinzessin.
»Papa!«
Die Mädchen staunen über Paul, der gerade in seinem Smoking aus dem Schlafzimmer kommt. Er sieht wirklich gut aus. Wir sind ein schönes Paar.
»Wartet, ich muss noch ein Foto machen«, hält Amelie uns auf. Paul legt seinen Arm um mich, und wir strahlen in die Kamera. Ich freue mich riesig auf diesen Abend und auf unseren gemeinsamen Auftritt bei diesem Ball. Endlich bin ich wieder dabei, gehöre wieder dazu. So soll es sein.

Wir fahren im Taxi zum Mythen-Forum, wo wir tatsächlich einen roten Teppich betreten. Ich fühle mich gut in dem attraktiven Kleid. Paul führt mich stolz in den Saal. Es sind bereits einige Leute da. Wir schütteln Hände, grüßen da und dort. Ich treffe viele ehemalige Arbeitskolleginnen, ein ganz gemischter Haufen. Bei einigen hätte ich auf ein Wiedersehen verzichten können, andere haben mir tatsächlich gefehlt.
»Wie schön, Sie wieder einmal zu sehen, liebe Frau Schuler«, begrüßt mich der Bankpräsident höchstpersönlich. »Sie sehen großartig aus. Sie bringen ja besonderen Glanz auf unser Event. Ich habe Sie vermisst in den letzten Jahren.«
Er ist immer unglaublich zuvorkommend und scheint mich wirklich zu mögen. Aber einen Job hat er trotzdem nicht für mich. Beim Gala-Dinner sitzen wir direkt neben ihm und seiner Frau Mary, einer bezaubernden Thailänderin.
Wir speisen in mehreren Gängen, dazu spielt ein Pianist leisen Jazz. Das hat Paul wunderbar organisiert. Es passt alles. Trotzdem

ist er furchtbar nervös und unruhig. Während ich mich entspannt mit dem Bankpräsidenten unterhalte, kann er sich kaum auf ein Gespräch einlassen. Sein Blick ist überall und nirgends. Es belastet ihn wohl doch sehr, die Verantwortung für alles zu haben. Warum sonst sollte er so komisch drauf sein? Immerhin läuft alles prima, und er bekommt Komplimente von allen Seiten.

Nach dem Dessert beginnt die Bruno-Bosshard-Band zu spielen. Der Bankpräsident eröffnet den Ball mit seiner Gattin und bittet Paul und mich, gleich mitzumachen.

»Mary und ich hassen es, allein auf die Tanzfläche zu müssen. Und Paul, du hast diese Ehre mehr als verdient. Außerdem müssen wir deine Frau unbedingt einmal allen präsentieren, bezaubernd, wie sie heute aussieht.«

Die Band spielt auf Wunsch des Bankpräsidenten »Somewhere over the Rainbow«. Paul nimmt mich in den Arm, und wir tanzen. Nicht einmal dabei ist er locker. Er kann sich einfach nicht auf mich konzentrieren. Schade. Das hätte ein unvergesslicher Moment werden können: Wir zwei auf dem großen Parkett dahinschwebend, und die ganze Welt schaut zu. Nichts da. Es ist eine Repräsentationspflicht, mehr nicht. Langsam kommen mir erste Zweifel, ob wir wirklich hier und heute auf diesem Ball den Zauber früherer Zeiten wiederfinden werden. Es hat Jahre gegeben, da haben wir uns von dem Ball kurz zurückgezogen, nur um uns ungestört ein wenig küssen und miteinander kuscheln zu können. Ha, davon sind wir heute Lichtjahre entfernt.

Sobald die Tanzfläche voll ist, will Paul in der Karaoke-Bar nach dem Rechten sehen. Auch hier sitzen schon viele Leute. Nur traut sich keiner anzufangen. Das ist fast immer so.

Paul schaut mich fragend an und hebt seine Augenbrauen.

»Nein!«, erkläre ich, schockiert über seine Idee.

»Komm schon. Du singst doch immer: beim Putzen, beim Ko-

chen. Und du bist gut, Sonja. Könntest du nicht den Anfang machen?«
»Nein. Warum sollte ausgerechnet ich mich trauen, wo alle anderen verständlicherweise Hemmungen haben?«
Ich habe zwar schon mal Karaoke gesungen, aber das war in den Ferien, im Ausland, unter Fremden, nach ein paar Gläsern Wein.
»Weil du es kannst. Und weil du meine Frau bist und mir damit helfen kannst.«
Super. Wie kann ich da Nein sagen? Paul sieht sofort, dass er die richtigen Argumente eingesetzt hat, und schubst mich zur Anmeldung. Über tausend Songs hat der Karaoke-Chef im Angebot. Am sichersten fühle ich mich mit dem alten Disco-Song »I Am What I Am«. Das Gute an dem Hit: Die Migros hat ihn für die Werbung wieder ausgegraben, und so kennt ihn inzwischen jeder.
Paul hilft mir galant auf die Bühne, und ich werde großspurig angesagt. Für den Mut, mich als Erste hier hinzustellen, bekomme ich einen Riesenapplaus. Der hilft mir aber wenig. Ich zittere am ganzen Körper. Hoffentlich sieht man das nicht. Und vor allem: Hoffentlich wird man das nicht hören.

I am what I am
I don't want praise, I don't want pity
I bang my own drum
Some think it's noise, I think it's pretty

Doch sobald die ersten Takte laufen und ich problemlos in den Text hineinfinde, kann ich tatsächlich aus mir herausgehen, den Ball vergessen und voller Power diese Discohymne schmettern. Mein Outfit gibt mir zusätzlich Selbstbewusstsein. Ich fühle mich einen Moment lang wie eine Discoprinzessin, und als das Lied zu Ende ist, bin ich fast ein wenig enttäuscht. Es hat Spaß gemacht.

Die Leute toben und schreien nach mehr. Ich werde ganz verlegen. Der Karaoke-Meister winkt ab, denn das würde gegen die Regeln verstoßen. Außerdem sagt er, ich sei viel zu gut gewesen. Das sei kontraproduktiv. Zuerst sollte ein schlechter Sänger auftreten. Er schaut Paul an.
Und Paul macht es: Er meldet sich. Jetzt toben die Zuschauer noch viel mehr. Ich suche nach einem Versteck. Paul singt furchtbar. Ich weiß es. Er weiß es. Bald werden es alle wissen.
Der Karaoke-Chef empfiehlt ihm, einen deutschen Schlager zu singen. Da könne er hoffen, dass das Publikum mitsinge.
Paul steht also auf der Bühne, mit Schweißperlen auf der Stirn, und lächelt tapfer.

Einen Stern, der deinen Namen trägt
Hoch am Himmelszelt
Den schenk ich dir heut Nacht

Die Rechnung geht auf. Die Leute grölen und klatschen mit. Paul fühlt sich nicht ganz allein als Sänger auf der Bühne, und er blamiert sich gar nicht wie erwartet. Und tatsächlich ist nach dem Song bei den Gästen der Knoten geplatzt, und es melden sich nun mehrere zum Mitmachen.
Mission erfüllt.
Paul und ich gehen wieder zurück in den Hauptsaal, wo gleich die Betty-Bossi-Singers auftreten werden. Paul muss zwar nichts mehr organisieren, will aber doch dabei sein, falls etwas nicht klappen sollte. Die sechs Sängerinnen sind so witzig und musikalisch, wie er es sich vorgestellt hat. Wir unterhalten uns eine halbe Stunde lang köstlich.
Jetzt geht es langsam auf Mitternacht zu. Wir werden ins neue Jahr tanzen. Das hat Paul mir fest versprochen. Ich gehe nur noch

schnell auf die Toilette. Als ich meine Box wieder verlassen will, höre ich, wie drei Frauen, die gerade hereingekommen sind, vor dem Spiegel herumhantieren, um wohl ihr Make-up aufzufrischen, und zu tratschen beginnen. Ich will mich schon zu ihnen gesellen, da höre ich, dass sie über mich reden. Und ich erstarre.

»Habt ihr Paul gesehen mit Sonja? Ein schönes Paar. Sie sieht ja heute aus wie ein Filmstar. Und dann Isabelle, ich habe sie beobachtet, wie sie die beiden die ganze Zeit böse gemustert hat! Nicht mehr aus den Augen gelassen hat sie sie. Die hat wohl nicht damit gerechnet, dass Paul eine so coole Frau hat, die auch noch bei allen beliebt ist. Habt ihr gehört, wie Sonja beim Karaoke abgegangen ist? Krass.«

»Ja, jetzt merkt Isabelle wohl langsam, dass sie nur eine Affäre war und bleiben wird. Das ist hart. Der lässt doch nie seine Frau wegen dieser Werbetussi sitzen. Schlimm genug, dass er mit ihr herummacht. Aber vielleicht ist es ja nur ein Gerücht.«

»Von wegen! Ich habe die beiden selber erwischt. Er hatte seine Hände unter ihrem Pullover, und sie haben sich geküsst. Das war Anfang Dezember. Mehr musste ich nicht sehen.«

»Dann wird es wohl stimmen. Trudi, seine Sekretärin, hat die beiden auch schon in eindeutigen Stellungen überrascht. Widerlich.«

»Und das gerade jetzt, wo Sonja keine Arbeit hat. Ist wirklich gemein.«

»Männer! Was erwartest du?«

Die Frauen verlassen lachend und plappernd die Toilette.

Ich klappe den Toilettendeckel zu und lasse mich auf den Sitz fallen. Es fühlt sich an, als hätte mir jemand seine Faust in den Magen gerammt. Ich fühle mich hundeelend. Es ist, als würde sich mein Gehirn noch weigern, die gehörten Informationen zu verarbeiten. Ich glaube, ich werde lebenslänglich hier in dieser Kabine sitzen

bleiben, oder jedenfalls so lange, bis man mich gewaltsam rausholt. Wenn ich die Toilette verlasse, muss ich agieren, reagieren, und dazu bin ich gerade nicht in der Lage. Es ist, als wäre ich zu einer Eissäule erstarrt. Meine Gefühle sind schockgefroren. Ich empfinde nichts, nur Leere.
Was soll ich tun?
Wo soll ich hin?
Hier kann ich nicht bleiben. Ich will nicht weiter an diesem Ball sein. Eine Szene möchte ich auch vermeiden, obwohl ich hier richtig viel Publikum hätte und ich Paul nirgendwo heftiger treffen könnte als vor seinen Arbeitskollegen, seinem Chef und der versammelten Schwyzer Prominenz.
Gut, dass ich mich im Gebäude auskenne. Ich werde den Hinterausgang nehmen. Dann muss ich allerdings ohne Mantel abhauen, aber das muss ich in Kauf nehmen.
Ganz vorsichtig verlasse ich den Raum, spähe zuerst um alle Ecken und husche, als die Luft rein ist, hinaus in die kalte Nacht.

»Frau Schuler, wo wollen Sie denn hin?«
Dumm gelaufen. Die Luft war gar nicht so rein wie erhofft: Der Bankdirektor steht mit seiner Frau Mary hinter dem Haus. Die beiden rauchen, heimlich, wie Kinder.
»Ich muss nach Hause. Bitte lassen Sie mich einfach gehen.«
Mary schaut mich nur kurz an: »Aber nicht ohne Ihren Mantel.« Sie nimmt ihr Handy und organisiert ein Taxi. Sie schafft es sogar irgendwie, dass jemand meinen Mantel zum Hinterausgang bringen wird.
Der Bankdirektor will schon zu weiteren Fragen ansetzen, da fällt Mary ihm ins Wort: »Wenn Sie kurz vor Mitternacht gehen wollen, haben Sie bestimmt ernsthafte Gründe. Ich hoffe einfach, dass das neue Jahr besser für Sie wird als sein Start.«

Ich könnte sie küssen. Müsste ich jetzt alles erzählen, würde ich bestimmt zerfließen vor Tränen. Es wäre für alle Beteiligten eine blöde Situation.

»Danke«, sage ich deshalb nur leise.

Der Mantel kommt. Das Taxi fährt vor. Der Direktor und seine Frau winken mir hinterher. Was für ausgesprochen nette Menschen! Vielleicht weiß Mary auch Bescheid und war deshalb so verständnisvoll. Das ist mir jetzt egal.

Noch im Taxi höre ich im Radio, wie das neue Jahr begrüßt und gefeiert wird. Unterwegs sehe ich kleine Feuerwerke. 2013. Ein Unglücksjahr. Ich hätte es wissen müssen.

»Ein frohes neues Jahr«, wünscht mir der Taxifahrer und lächelt. Weil ich nichts sage, plappert er munter weiter. »Für uns fängt das neue Jahr immer gut an, weil die Geschäfte laufen. Wir fahren die ganze Nacht durch. Man muss bloß aufpassen, dass einem gegen Morgen keiner ins Auto kotzt. Aber sonst arbeite ich gern, wenn etwas los ist.«

Ich gebe ihm ein anständiges Trinkgeld und wünsche ihm auch alles Gute, als er mich vor unserem Haus absetzt.

Zu Hause. Endlich lasse ich meinen Tränen freien Lauf. Gut, dass die Mädchen heute bei einer Freundin feiern und übernachten. Nur der winzige Hund begrüßt mich. Chico springt an mir hoch und hinterlässt Kratzspuren auf meinem kostbaren Kleid. Das kann mich allerdings auch nicht mehr erschüttern. Sicher hat das Hundekind Angst, weil es draußen dermaßen laut knallt, und ist doppelt froh, mich zu sehen. Ich kann mich noch an Zeiten erinnern, da hatte Silvester bei uns nichts mit Feuerwerk zu tun. Nur am Bundesfeiertag wurde geböllert. Jetzt wird auch das neue Jahr mit Raketen begrüßt – die Wirtschaft freut sich.

Ich ziehe mein Kleid aus, lasse es achtlos auf dem Boden liegen, schlüpfe in meinen Bademantel und kuschle mich mit Chico aufs Sofa. Er ist besonders anhänglich und verschmust. Vielleicht weil er Angst hat, vielleicht wittert er meinen Seelenzustand.
»Na, Chico, was soll ich tun?«
Jetzt spreche ich schon mit einem Hund!
Noch dazu mit einem so winzigen Wuschel!
Die Lage ist wirklich ernst.
Da rettet mich ein Anruf.
»Happy New Year!«
»Viel Glück, Sonja!«
»Und, wie war der magische Tanz ins neue Jahr?«
Bernadette und Karin schreien abwechselnd in den Hörer. Ich kann nicht antworten, nur noch weinen. Es ist so schön, die beiden genau in diesem Augenblick zu hören.
»Sonja, was ist los? Du bist ja gar nicht auf dem Fest?«, fragt Karin aufgeregt.
»Ich bin kurz vor Mitternacht gegangen. Mein Mann betrügt mich, und alle wussten es, außer mir.«
Jetzt ist es einen Moment lang still in der Leitung.
Dann höre ich Karin, laut, deutlich, bestimmt: »Sonja, hör mir genau zu: Du nimmst jetzt einen ganz, ganz großen Koffer und füllst ihn mit möglichst vielen warmen Kleidern. Dann bestellst du dir ein Taxi auf 6 Uhr 20, und um sieben nimmst du die erste Bahn vom Schlattli auf den Stoos. Wir stehen oben bereit und erwarten dich.«
Ich muss noch mehr weinen.
»Versprich mir das, Sonja, los!«
»Ja, ja … Ich komme. Danke, Karin.«
»Schön. Bis nachher.«

Es tut so gut, einen Plan, ein Ziel zu haben.
Ich hole im Keller einen großen Koffer, und ich packe, packe, packe. Chico folgt mir dabei auf Schritt und Tritt. Es beruhigt mich, mit ihm zu reden.
»Denkst du, ich brauche diese Fleecejacke? Aber eine Mütze muss ich noch finden, gell. – Den hässlichen Schlafanzug nehme ich auch mit, oder? Weißt du, der ist herrlich warm.«
Ja, ich bin auf den Hund gekommen. Eindeutig.
Mein Handy klingelt mehrmals, und nachdem ich gesehen habe, dass es nicht meine Töchter sind, sondern bloß Paul, schalte ich das Gerät aus.
Ich fülle den Koffer nach und nach. Die Beschäftigung tut mir gut. Sie verdrängt den Schmerz ein wenig.
Dann schreibe ich einen Brief an die Mädchen.

Liebe Amelie, liebe Lilly,
Ich bin für ein paar Tage verreist und wohne auf dem Stoos im Hotel Maggiweid bei Karin, einer alten Schulkameradin. Ihr seid ja nun alt genug und schafft es eine Weile ohne mich. Paul und Irene werden für Euch sorgen. Wenn es Probleme gibt: Ruft mich an oder schickt eine SMS.
Ich liebe Euch,
Mama

Auch Irene schreibe ich ein paar Zeilen.

Liebe Irene
Bitte kümmere Dich in den nächsten Tagen ein wenig um meine Familie. Ich musste ganz dringend verreisen. Ich weiß, dass ich mich auf Dich verlassen kann, und danke Dir herzlich,
Sonja

Gerade als ich dabei bin, Paul ein paar Zeilen zu schreiben, und mich unglaublich schwer damit tue, passende Worte – ja überhaupt irgendwelche Worte – für ihn zu finden, kommt er nach Hause. Chico verkriecht sich hinter dem Sofa, als könnte er den Ärger riechen.

Ich weiß nur eines: Ich will jetzt keinen Streit, keine Dramen, keine Diskussion. Aber irgendwie bin ich auch ein wenig neugierig, wie Paul auf mich zukommen wird.

Er sieht schlecht aus. Richtig mitgenommen, übernächtigt, alt. Geschieht ihm recht.

»Sonja? Gut, dass du hier bist. Ich habe mir große Sorgen gemacht und dich überall gesucht. Aber Mary hat mir dann gesagt, dass du heimgefahren bist. Warum gehst du nicht an dein Handy?«

Ich schaue ihn nur an, mit meinem verheulten Gesicht.

»Was ist passiert?«, fragt Paul.

Er lässt sich neben mich aufs Sofa fallen und schaut erstaunt auf meine Briefe. Auch mein gepackter Koffer fällt ihm nun auf.

»Was ist los?«, fragt Paul wieder.

Hat er wirklich keine Ahnung?

Er fasst mich an, und ich zucke zurück.

»Ich weiß von dir und Isabelle«, sage ich leise, bemüht, meine Fassung zu wahren. »Ich fahre für ein paar Tage auf den Stoos, und ich bitte dich, jetzt nicht mit mir zu diskutieren und mich einfach in Ruhe zu lassen. Bitte geh einfach schlafen.«

»Aber …«

»Bitte!«

»Lass uns darüber …«

»Nicht jetzt. Bitte!«

»Sonja!«

Wenn er gleich sagt, dass es nicht so war, wie es aussah, oder dass er mir alles erklären könne und dass alles keine Bedeutung hatte, raste ich aus. Dann gehe ich ins Treppenhaus und schmeiße mit Engeln um mich. Aber Paul kennt mich. Er sieht meinen Gemütszustand, und ich sehe in seinem Gesicht, wie sehr ihn meine Verzweiflung trifft.

Ja, es ist das erste Mal in unserer Ehe, dass er mich nicht trösten kann, sondern schuld an meiner Verzweiflung ist.

Paul geht kurz ins Bad, verschwindet dann im Schlafzimmer und schließt leise die Tür. Mein Herz schmerzt.

Chico kommt wieder hinter dem Sofa hervor und bellt. Ich nehme ihn an die Leine und gehe eine Runde mit ihm ums Haus. Hoffentlich wird der Kleine immer jemanden finden, der sich um ihn kümmert. Aber er wird sich schon lautstark bemerkbar machen, hoffe ich.

Kurz darauf ist es so weit. Das Taxi wartet vor der Tür. Ich verlasse mein Zuhause, meine Familie und fahre Richtung Muotathal. Ich habe keine Ahnung, was mit meinem Leben passieren wird, aber ich habe immerhin ein Ziel und Menschen, die auf mich warten.

Frohes neues Jahr!

19

Wie eine Nachtwandlerin steige ich in den frühen Morgenstunden in die Stoosbahn. Die steile Standseilbahn katapultiert mich innerhalb weniger Minuten vom Schlattli hinauf in das autofreie Bergdorf auf 1300 Metern Höhe. Mit mir in der Bahn sitzen nur ein paar wenige Arbeiter, die genauso schweigsam sind wie ich. Gut so.

Oben angekommen, nimmt mir einer der bärtigen Männer meinen Koffer ab und trägt ihn die paar Stufen hinunter.
»Danke!«, sage ich, angenehm überrascht. Der nette Kofferträger brummt nur irgendetwas und blinzelt mir zu.

»Sonja!«, ruft Karin und winkt.
Bernadette kommt auf mich zu und nimmt mich in den Arm. Karin drückt mich. Wir halten einander einen Moment lang.
»Ein frohes neues Jahr«, sagt Bernadette. »Es wird ein gutes Jahr werden, wenn wir zusammenhalten.«
»Genau. Alles Liebe«, wünscht Karin.
Mir verschlägt ihre Herzlichkeit die Sprache, und ein paar Tränen laufen über mein Gesicht.
»Schon gut, das wird wieder«, beruhigt mich Bernadette, während Karin meinen Koffer einem Bahnangestellten übergibt.
Sie erklärt mir, der Koffer werde dann im Laufe des Morgens von der Firma Suter gebracht. Sonst dürfe niemand auf dem autofreien Stoos herumfahren.
»Wir gehen inzwischen zu Fuß. Das tut uns gut.«

Der Morgen ist eiskalt, aber klar. Am Himmel leuchten noch ein paar Sterne, aber hinter den Bergen, deren Umrisse wie eine imposante, dunkle Kulisse vor uns aufragen, wird es schon etwas heller. Der Tagesbeginn lässt sich erahnen. Wir stapfen gemeinsam durch den Schnee. Es ist sonst keine Menschenseele unterwegs. Die haben wohl alle gefeiert und schlafen noch.
Der Marsch tut tatsächlich gut. Ich ziehe die kalte Luft tief in die Lungen.
Ich bin auf dem Stoos. Es fühlt sich an, als hätte ich mich in Sicherheit gebracht hier oben, jedenfalls für den Moment.

Karin erzählt vom Silvester im Hotel Maggiweid: »Es sind nur gerade zwei Familien bei uns. Vier Erwachsene, vier Kinder. Das war zwar vom Umsatz her ein extrem schlechter Silvester, aber wir haben das Beste daraus gemacht.«
Bernadette berichtet: »Wir haben ein Spieleturnier organisiert, und alle haben mitgemacht. Es war ganz lustig. Um Mitternacht haben wir ein paar kleine Raketen gezündet. Tim hatte sich das so sehr gewünscht. Auch ein paar Tischbomben hatten wir gekauft. Und weil alle Kinder zufrieden waren, waren auch die Eltern zufrieden und wir sowieso. Es war nett.«
Karin ist trotzdem enttäuscht: »So viele Stammgäste haben abgesagt. Sie wollten nicht bei uns feiern. Sie dachten wohl, sie könnten unmöglich Party machen in einem Haus, in dem getrauert wird.«
Dafür habe sie auch irgendwie Verständnis.
»Aber es ist so, als würde man mich zweifach bestrafen. Mir fehlt mein Mann, und jetzt fehlen auch noch die Gäste. Umso mehr habe ich mich über die beiden Familien gefreut. Es sind neue Gäste, und sie kamen unvoreingenommen, unbelastet. Wir haben sie dermaßen verwöhnt, dass sie angekündigt haben, im nächsten Jahr wieder zu buchen. Hoffentlich gibt es uns dann noch.«
Sie seufzt.
Ich seufze auch.
Bernadette lacht uns aus: »Glaubt einer alten Frau: Es wird nichts so heiß gegessen, wie es gekocht wird!«
Wir lachen gemeinsam über den blöden Spruch und schimpfen mit Bernadette, dass sie uns mit solch banalen Weisheiten aufmuntern will.
»Da musst du dir schon ein wenig mehr einfallen lassen«, sagt Karin.
Aber Bernadette lächelt, als wüsste sie mehr als wir. Schön wärs.

Das Hotel Maggiweid ist ein Holzhaus im Chaletstil, nur leicht verunstaltet von einem modernen, einstöckigen Anbau. Damit vergrößerte man vor Jahren das Restaurant und verhalf dem Hotel zu einem schönen Balkon auf dem Dach des hässlichen Neubaus. Das Haus steht direkt an der Skipiste, und die Hotelgäste können zum Skilift Sternegg hinüberfahren. Auf der großen Sonnenterrasse vor dem Haus saß ich selber schon mit meiner Familie, nach einer Wanderung.
Meine Familie.
Es tut weh.
Richtig weh.
Ich bleibe stehen, einen Moment lang überwältigt vom Schmerz.

»Komm herein, Sonja«, ruft Karin. Sie nimmt mich am Arm und zieht mich über die Schwelle. »Herzlich willkommen. Mein Haus ist dein Haus. Jedenfalls solange ich es noch habe.«
Bernadette ist bereits in der Küche verschwunden.
Karin erklärt: »Wir müssen unseren Gästen das Frühstück vorbereiten. Die kommen um neun und verschwinden dann bis zum späten Nachmittag auf den Skipisten. Dann haben wir viel Zeit zum Reden.«
Sie platziert mich in eine gemütliche Ecke der Gaststube. Diese ist innen mit viel Holz heimelig gestaltet worden. Nichts lässt die hässliche Außenansicht erahnen. Im offenen Kamin glimmt noch ein Feuer. Beim Eingang steht ein großer Christbaum mit weißen Kugeln und kabellosen, weißen Kerzen. Auf den Zweigen sitzen Vögel in allen Farben. Dieser ganz besondere Baum ringt mir ein winziges Lächeln ab. Fast hatte ich Weihnachten schon vergessen. Ich bleibe einfach sitzen und beobachte das emsige Treiben der beiden Frauen. Und als mir die erste Tasse Kaffee in die Hand gedrückt wird, nehme ich sie dankend an.

Ist es nicht ein kleines Wunder?
Vielleicht war ich am Grab meiner Eltern doch nicht so weit von ihnen entfernt, wie ich immer dachte? Es kommt mir vor, als hätten sie ihre Hände im Spiel gehabt. Genau zur richtigen Zeit habe ich diese beiden Frauen kennen gelernt. Das kann kein Zufall sein!
Vielleicht haben meine Eltern sich ein wenig eingemischt, vorausschauend und fürsorglich. Ich mag diesen Gedanken jedenfalls sehr.
Ich bin nur ein Häufchen Elend, wie ich da sitze, mich an der Tasse festhaltend, als wäre sie mein einziger Halt. Aber ich bin nicht allein, und dieses Gefühl wärmt mich genauso wie der Milchkaffee.

»Mama!!!«
Ui, da brüllt aber einer lautstark durchs Treppenhaus herunter.
»Ja, ja, ich bin hier. Sei leise, Tim!«, antwortet Karin beschwichtigend. »Leg dich noch einmal ins Bett! Ich hole dich dann, wenn alle zum Frühstück kommen.«
Der Junge scheint auf seine Mutter zu hören, und bevor ich ihn sehen kann, läuft er wieder davon, und eine Tür fällt ins Schloss.
Karin erklärt mir: »Es macht ihm schwer zu schaffen, dass sein Vater tot ist, einfach verschwunden von heute auf morgen. Seither plagen ihn Ängste, ich könnte auch plötzlich sterben. Wenn er meine Stimme hört, ist er immer schnell wieder beruhigt.«
Verständliche Verlustängste. Auch wir machen uns schließlich Gedanken, wenn jemand stirbt. In diesen Momenten wird uns die eigene Endlichkeit immer sehr bewusst.

Bernadette und Karin machen zwei Tische für die beiden Gastfamilien bereit, arrangieren alles hübsch auf rot-weiß karierten Tischtüchern. Aber auch an meinen Tisch bringen sie Brötchen,

Butter, Käse, Honig, Konfitüre … Dazu einige Gedecke. Sogar Kerzen brennen auf dem Tisch.
Nach einer Weile setzen sie sich zu mir. Es ist erst kurz nach acht. Wir frühstücken gemeinsam. Ich habe erstaunlicherweise Appetit und fühle mich wunderbar geborgen hier. Bernadette und Karin plaudern und erzählen. Und ich darf schweigen.
Nach einer Weile geht Karin nach oben, um Tim aus dem Bett zu holen. Er dürfe heute nämlich mit den Gästen Ski fahren gehen. Mir fallen inzwischen fast die Augen zu. Bernadette sieht das und erklärt: »Du musst dich nicht quälen. Leg dich doch eine Weile hin. Wir werden nachher auch noch etwas schlafen. Das Personal kommt schon um elf. Komm, ich zeige dir dein Zimmer.«
Karin habe mir ein schönes Zimmer zugeteilt, erzählt sie und holt hinten an der Rezeption den Schlüssel.
»Du hast einen winzigen Balkon mit Blick auf die Skipiste. Sehr sonnig.«
Wir gehen eine Treppe hoch. Mein Zimmer wirkt sauber und einladend.
»Schade, dass das Gepäck noch nicht da ist. Aber vielleicht brauchst du jetzt ja gar nichts. Kriech einfach unter die Decke.«
Stimmt. Ich will mich tatsächlich nur verkriechen. Bernadette deckt mich höchstpersönlich zu.
»Es wird alles gut. Glaub einer alten Frau«, sagt sie und verlässt leise mein Zimmer.

Alles wird gut.
Alles wird gut.
Alles wird gut.
Wie ein Mantra lasse ich diese Worte vor meinem geistigen Auge tanzen. Und so schlafe ich friedlich und erschöpft ein.

Als ich wieder aufwache, scheint mir die Sonne voll ins Gesicht. Einen winzigen Moment lang bin ich glücklich, hier in diesem sonnigen Hotelzimmer in den Bergen zu sein. Aber dann erreicht er mich wieder, der Schmerz.

Paul.

Am liebsten würde ich die Decke über den Kopf ziehen und mich für immer und ewig in diesem Bett verkriechen. Da erspähe ich meinen Koffer. Irgendwer hat ihn mir ins Zimmer gestellt, leise, ohne mich zu stören. Das ist gut: So habe ich etwas zu tun. Ich dusche, ziehe mich um, räume meine Sachen aus. Alles ist besser, als wach dazuliegen und meinen Gefühlen nachzuspüren. Von meinem kleinen Balkon aus schaue ich hinaus in das Winterwunderland. Was für ein bezaubernder Platz!

Unten in der Gaststube sitzt Karin und liest Zeitung. An einem Tisch sitzen ein paar Skifahrer vor heißen Getränken und unterhalten sich laut und fröhlich.

»Hallo«, sagt Karin und lächelt mich an.

Wie macht sie das nur? Woher holt sie die Kraft? Ich wurde bloß betrogen. Sie hat ihren Mann verloren, kämpft um ihre Existenz. Aber so ist das, nicht wahr: Es gibt immer Menschen, denen es schlechter geht. Doch das mindert nicht den eigenen Schmerz.

»Bernadette schläft noch. Ich mache mir manchmal Sorgen. Sie arbeitet derart viel und hilft rund um die Uhr, wo sie kann. Hoffentlich übernimmt sie sich nicht«, erzählt Karin ein wenig besorgt.

»Oh, sie hat aber sehr glücklich ausgesehen. Ich glaube, du gibst ihr auch viel.«

»Ja, das sagt sie immer. Sie freut sich über die Aufgabe, die sie hier gefunden hat. Ich glaube, sie war sehr einsam. Wenn es nach mir ginge, könnte sie für immer bleiben. Aber ich will sie nicht ausnützen. Möchtest du etwas essen?«

Ich schüttle den Kopf.
»Ich trinke gern einen Milchkaffee, wenn das geht.«
Karin lacht und fordert mich auf mitzukommen. Sie zeigt mir das Buffet und erklärt mir die Kaffeemaschine.
»Dort ist Tee, Zucker, hier steht die Milch, Rahm ... kalte Getränke ... Brot ...«
Eine Schublade nach der anderen öffnet sie und erklärt mir, wo ich was finden könne. Ich kann kaum so schnell schauen, wie sie mir die Dinge zeigt.
»Dann mach mal!«, sagt sie und verschränkt die Arme.
Oh.
Gut.
Ich nehme den Kolben von der Maschine, klopfe das alte Kaffeepulver heraus, befülle den Kolben neu und drehe ihn wieder rein. Das geht gut. Ich schäume Milch auf und reinige dann die Dampfdüse mit dem dafür vorgesehenen Lappen.
»Und am Ende nimmst du den Löffel und verzierst das Ganze mit etwas Milchschaum. Voilà ... sieht gut aus.«
Mein erster eigener Milchkaffee.
»Jetzt musst du ihn nur noch unfallfrei an deinen Platz bringen«, witzelt Karin.
Das schaffe ich locker, und Karin applaudiert.
»Du willst ja hier nicht Ferien machen, oder? Also bediene dich selber. Umso schneller weißt du Bescheid, wie es läuft, und kannst mir helfen, wenn ich dich brauche.«
Ich nicke und bin mehr als einverstanden.
»Hast du vor, länger zu bleiben?«, fragt Karin nach einer Weile.
»Ich habe keine Ahnung. Ich weiß nicht, was ich tun soll und was ich tun will. Ich war wohl noch nie dermaßen ratlos, nicht einmal, als ich meine Stelle verloren habe.«
»Das ist okay. Nimm dir eine Auszeit hier bei uns und denke über

alles nach. Wie hast du erfahren, dass Paul dich betrügt? Stimmt es überhaupt?«

Ich erzähle ihr eine Kurzversion von meinem Silvester. Karin ärgert sich.

»Nett von dir, einfach zu verschwinden. Er hätte nämlich eine ordentliche Szene verdient. Schade eigentlich. Weißt du, für mich ist es momentan schwierig, dir einen Rat zu geben. Ich würde meinem Mann jeden Fehler der Welt vergeben, wenn ich ihn nur wieder zurückbekommen könnte. Ich finds gut, dass du gekommen bist und dir Zeit nimmst. Nur keine voreiligen Entscheidungen. Ja, das ist mein Rat an dich: Nimm dir Zeit.«

Die Gäste wollen bezahlen, und Karin geht zu ihrem Tisch, scherzt und lacht mit ihnen, kassiert.

Als die Gäste das Lokal verlassen, knallt sie mir ein Tablett vor die Nase und befiehlt: »Abräumen. Du weißt ja, wo die Spülmaschine steht.«

Das kann ja heiter werden! Am Ende putze ich hier noch die Toiletten. Allerdings scheint mir auch das gar nicht völlig absurd zu sein. Ich bin aus meinem alten Leben herausgefallen und habe in einem anderen Asyl bekommen.

All das Neue tut mir im Moment gut. Ich muss über vieles nachdenken, aber nur nach und nach. Mein Gehirn will sich noch nicht ernsthaft mit möglichen Konsequenzen und der Zukunft auseinandersetzen. Beschäftigung und Ablenkung sind willkommen.

Was für ein Neujahrstag!

Ich arbeite viel. Für das Abräumen der Tische habe ich eine echte Begabung. Im Gläsertrocknen bin ich bereits Weltmeisterin. Das Spülmaschinendiplom habe ich auf jeden Fall bekommen. Sogar

Biere kann ich zapfen. Nebenbei schüttle ich gefühlte tausend Hände und lerne nette Menschen kennen. Tim, den Jungen von Karin, schließe ich sofort ins Herz. Eine verletzte Seele erkennt die andere sofort. Die Hotelgäste sind liebenswürdig. Ich werde von diversen Stammgästen kritisch gemustert, die zum Teil in Ferienwohnungen leben und seit Jahren auf den Stoos kommen. Und ich freunde mich mit Tomislav und Ljubica an. Das Ehepaar aus Kroatien arbeitet schon seit fünfzehn Jahren im Hotel Maggiweid. Karin schwärmt: »Ohne sie könnte ich gleich schließen. Sie kennen alles, wissen alles und vor allem: Sie pochen nicht auf irgendwelche Verträge, sondern packen immer da an, wo es nötig ist.« Ljubica ist Köchin, lässt sich aber auch mal dazu überreden, im Service zu helfen oder auf Tim aufzupassen. Tomislav hilft überall.

»Er kocht genauso gut, wie er Schnee schaufelt oder ein verstopftes Abflussrohr repariert.«

Ihr Mann habe den beiden unter dem Dach eine schöne Wohnung eingerichtet.

»Lukas sah sofort, wie wichtig die beiden für uns sind. Und weil sie es so schön haben, holen sie für die Hauptsaison im Winter und im Sommer eine Verwandte her, die im Service und als Zimmermädchen hilft.«

Karin erzählt mir im Vertrauen, dass ihre größte Angst darin bestehe, die beiden nicht mehr bezahlen zu können.

»Sie verdienen gut bei uns, aber sie leisten auch viel. Ich fühle mich für sie verantwortlich. Sie sind beide bereits Mitte fünfzig.«

Immerhin hat das Jahr mit regem Tagesbetrieb gut angefangen. Der Sonnenschein hat nebst den Skipisten auch die Terrasse gefüllt. Und auch am Abend haben offenbar viele noch Durst und kommen in die Gaststube.

»Lieber Gott, lass das ein Omen sein«, flüstert Karin mir zu, als wir richtig ins Schwitzen kommen, weil es so viel zu tun gibt.
Erst um Mitternacht verlässt der letzte Gast das Haus. Karin schließt zufrieden die Tür hinter ihm ab.
»Das war er, der erste Tag im neuen Jahr«, sagt sie und will nun mit uns gemeinsam darauf anstoßen.
Bernadette stellt eine Flasche und drei kleine Gläser auf den Tisch. Bündner Röteli! Die rotbraune Flüssigkeit wird mir immer in guter Erinnerung bleiben.
»Auf das neue Jahr!«
Wir sitzen eine Weile schweigend beisammen. Aus dem Radio klingt schwermütiger Jazz. Karin sieht wirklich müde aus. Keine Ahnung, wann sie zuletzt geschlafen hat.
Nach dem dritten Röteli weiß ich, dass ich heute Nacht wunderbar schlafen werde. Mir ist herrlich warm, durch und durch und trotz allem. Vielleicht wird wirklich alles gut, wenn man so gute Freundinnen hat?

20

Schon der nächste Tag zeigt: Ich habe keine Chance, hier oben meine Wunden zu lecken und mich in Selbstmitleid zu baden. Karin beschäftigt mich, so lerne ich das ganze Haus kennen und bin angenehm überrascht: So viel Sanierung braucht das Hotel gar nicht. Es ist gemütlich und hat den Charme eines Bauernhauses.
»Mein Lukas hat immer renoviert, jeweils in der toten Saison umgebaut, verschönert, alles repariert. Dafür hat das Geld auch ge-

reicht. Aber die neuen Gesetze geben mir jetzt den Rest. Wir müssen alle Elektroinstallationen erneuern. Und zwar noch in diesem Jahr. Das kostet über 50 000 Franken. Dazu die Heizung, die hier oben ja extrem wichtig ist. Sie ist überfällig und muss ersetzt werden. Weitere 50 000 Franken. Das Dach wäre dann die nächste Baustelle, aber die ist nicht allzu dringend.«

Das Dach. Darum ist Karins Mann ja gestorben. Er hatte da oben etwas repariert.

»Lukas hätte die neue Hypothek problemlos bekommen. Aber weil ich jetzt allein bin, glaubt man nicht mehr an die Zukunft des Betriebes. Wir haben natürlich Ersparnisse. Aber nicht genug, und zudem braucht ein Hotel Rückstellungen für Gehälter und unvorhergesehene Kosten. Man weiß nie, was passiert. Und wenn der Umsatz nun derart einbricht, löst sich mein Vermögen auf wie der Schnee im Frühling.«

Karin seufzt.

»Nächste Woche habe ich einen Termin mit unserer Hausbank. Wenn ich kein Geld mehr bekomme, ist alles aus.«

Karin ist gerade dabei, Wäsche in die riesige Waschmaschine zu stopfen, und hält einen Moment inne, wie erstarrt, mitten in der Bewegung. Einen winzigen Augenblick lang sehe ich tiefe Verzweiflung in ihren Augen. Da wird mir klar, dass wir aufpassen müssen: Karin gibt sich stärker, als sie ist.

Ich könnte sie jetzt trösten und ihr sagen, dass es ja auch noch andere Banken gibt. Und Kredite, die man aufnehmen könnte. Aber Karin weiß sicher genau, wo sie mit ihren Finanzen steht, und braucht keinen falschen Trost von jemandem, der sich nicht auskennt.

Wird sie völlig zusammenklappen, wenn sie alles verliert? Ich könnte es verstehen. Ich selber habe nur einen untreuen Ehemann und gehe schon auf dem Zahnfleisch. Ja, wir sind zerbrechliche, verletzliche Wesen. Und die Frage lautet: Wie stark sind wir wirklich, wenn es drauf ankommt? Neulich habe ich einen Spruch von Bob Marley gelesen: »Du weißt nicht, wie stark du sein kannst, bis du es sein musst.«

Wir füllen die Maschine ganz und schauen eine Weile zu, wie die Trommel sich dreht, wie sich Schaum bildet, und in unseren Köpfen drehen sich die Gedanken genauso im Kreis.

Am Nachmittag bin ich eine Stunde allein mit Tim in der Gaststube. Gäste sind keine da, denn es schneit, und es sind kaum Leute auf den Pisten. Zu meinem Glück, denn ich weiß noch lange nicht Bescheid hier. Tim werde mir helfen, hat man mir versprochen. Inzwischen übe ich mit Tim Rechnen und bin froh, dass ich bei seinen leichten Aufgaben noch mithalten kann. Bei meinen Töchtern kann ich längst nichts mehr tun. Die müssen allein lernen.

Meine Töchter …

»Sonja, weißt du, warum die Maggiweid Maggiweid heißt?«, will Tim wissen.

Wie sollte ich? Ich habe mir noch gar nie Gedanken darüber gemacht.

»Weil hier Maggikraut wächst?«, mutmaße ich drauflos.

Tim lacht mich aus.

»Der Besitzer der Maggifabrik hatte hier ein Haus. Auch seine Angestellten konnten dort Ferien machen«, verrät er mir, lässt mir aber gar keine Zeit, seine Antwort zu verdauen. Tim hat sofort tausend andere Fragen parat: »Sonja, warum bist du eigentlich allein hier? Hast du Kinder? Wie lange bleibst du? Kannst du Klavier spielen?«

Uff. Meine Mädchen waren auch zutiefst neugierige Wesen, und ich habe mich immer bemüht, ehrlich zu antworten. Aber der Junge hier ist in dieser Beziehung eine echte Nervensäge. Da er

mir sowieso keine Zeit lässt, die Fragen nach und nach zu beantworten, wähle ich mir die letzte aus, die mir auch recht unverfänglich erscheint.
»Ja, ich spiele ein wenig Klavier«, sage ich also.
»Hast du ein Klavier bei dir zu Hause?«
Die Fragerei geht also weiter.
»Ja, ich habe ein schönes Klavier.«
»Willst du mal unser Klavier sehen?«
Es ist mir bisher gar nicht aufgefallen, vielleicht weil es in einer dunklen Ecke steht.
»Klar, will ich es sehen«, antworte ich, erhebe mich und gehe darauf zu.
»Oh, ein Steinberg, Nussbaum«, sage ich anerkennend und streiche ehrfürchtig über das Holz.
Tim knipst eine Lampe an, und die dunkle Ecke wird zum gemütlichen Musikzimmer.
»Papa hat hier immer gespielt«, erzählt er und schluckt so schwer, dass ich gar nicht mehr wage, das Klavier anzufassen.
Ich will Tim nicht wehtun.
»Was hat er denn gespielt?«, frage ich.
»Lieder.«
Aha.
»Zum Mitsingen. Wanderlieder, wenn Wanderer da waren. Weihnachtslieder, wenn halt Weihnachten war. Und so.«
Jetzt verstehe ich.
»Und die Leute haben mitgesungen?«, möchte ich wissen.
»Natürlich«, sagt Tim und schüttelt den Kopf über meine dumme Frage. »Alle.«
Und dann sagt er leise: »Spielst du etwas für mich? Das Klavier ist schon ganz traurig.«
»O nein! Ein trauriges Klavier. Das geht ja gar nicht.«

Ich setze mich an die Tasten und überlege: Was spiele ich einem kleinen Jungen vor? Da fällt mir wenig ein. Ich versuche es mit einem Wiener Walzer.
Tim ist beeindruckt. Er strahlt.
»Du kannst spielen!«, verkündet er und fragt: »Kennst du ein Wanderlied?«
Wunschkonzert also. Ich spiele zwei, drei Wanderlieder an und singe dazu. Er setzt immer sofort ein. In diesem Hause wurde wohl viel gesungen. Es macht Freude, mit dem Jungen zu musizieren. Meine sechzehnjährigen Mädchen sind für Hausmusik nicht mehr zu begeistern.
»Kennst du ein Weihnachtslied?«
Er steht auf und knipst die Kerzen am Christbaum an. Wir singen lauter Weihnachtslieder, kreuz und quer. Das rührt mich. Ich muss gegen meine Tränen ankämpfen. Der Junge hat ein echtes Bedürfnis nach Musik und Gesang. Wahrscheinlich wagte es seit dem Tode seines Vaters niemand mehr, Lieder zu singen, nicht einmal an Weihnachten.

Wir singen gerade inbrünstig zweistimmig »Stille Nacht«, als ein Mann die Gaststube betritt und uns sofort bedeutet, wir sollten weitermachen. Er setzt sich still an einen Tisch und lächelt uns an. Tim winkt ihm zu.
Der Mann sieht aus wie George Clooney in einer Rolle als Bergführer und Skilehrer. Von seinen Augen geht ein faszinierendes Leuchten aus. Und ein Flackern. Oder liegt das an den Christbaumkerzen? Sein angegrautes Haar, sein spitzbübisches Lächeln, seine rücksichtsvolle Art ... Es fällt mir schwer, mich auf die Tasten zu konzentrieren. Er irritiert mich.
Wir singen die letzte Strophe von »Stille Nacht«, schmettern »Christ, der Retter ist da-ha, Chri-hist, der Retter ist da!», und

dann setze ich den Schlussakkord. Neugierig wende ich mich dem Gast zu.
»Hallo, Emil!«, ruft Tim zur Begrüßung und setzt sich zu ihm. Ich klappe den Deckel des Klaviers nach unten und knipse die Lampe aus.
»Hast du diese schöne Pianistin engagiert, Tim? Gute Idee!«
»Und sie spielt so gut wie ein Mann«, sagt Tim, und ich erröte bis unter die Haarwurzeln.
Das ist doch bestimmt ein Kompliment?
Der Mann am Tisch lacht laut auf und meint dann: »Das ist der Charme der Bergler. Damit müssen Sie hier oben zurechtkommen. Setzen Sie sich doch zu uns.«
Wir stellen uns vor und sind schnell beim Du, denn Emil ist Karins Schwager. Er ist nett, liebenswürdig, zuvorkommend. Sogar Tim scheint ihn irgendwie zu verehren und bedient ihn höchstpersönlich.
»Danke, dass du meinem Neffen so guttust. Er braucht Kontakt zu Menschen, die nicht in die ganze Tragödie verwickelt sind. Es war unglaublich schön, euch beide beim Singen zu erleben«, sagt Emil, als Tim an der Kaffeemaschine hantiert, und legt kurz seine Hand auf meine.
Es ist nur eine leichte, eher flüchtige Berührung, aber ich erschrecke darüber, was sie in mir auslöst.
Meine Güte!
Ich bin doch kein Teenager mehr.
Bloß weil Paul mich schlecht behandelt hat, werde ich nicht sofort vor dem Erstbesten in die Knie gehen, der nett zu mir ist?
Aber genau so fühlt es sich an: Als hätte ich weiche Knie.

Ich bin froh, als ein paar durchnässte Skifahrer kommen, die bedient werden wollen. Allerdings verfolgen mich Emils Augen auf

Schritt und Tritt. Das bilde ich mir bestimmt nicht ein. Es ärgert mich, dass mein Herz deswegen schneller klopft. Meine Beziehung zu Paul war schon lange nicht mehr, wie sie hätte sein können, aber trotzdem bin ich doch noch meilenweit entfernt davon, mich auf einen anderen Mann einlassen zu können.
Meilenweit!
Daher gehe ich sofort und freiwillig mit Tim Schnee schaufeln, als Karin mit Bernadette von ihrem kurzen Besuch in der Stoos-Kapelle zurückkommen. Karin hat verweinte Augen und sieht schlecht aus. Bernadette schüttelt nur den Kopf, und ich frage nichts.
Schnee schaufeln hilft immer. Tim und ich sind dermaßen in Schwung, wir könnten glatt den ganzen Stoos freischaufeln. Der kleine Bengel ist mir ans Herz gewachsen. Trotzdem denke ich an meine Töchter, von denen ich noch kein Wort gehört habe, und mein Herz tut weh.
Was denken sie wohl über meine Abreise?
Und was erzählt ihnen Paul?
Passt Irene gut auf sie auf?
»He, du sollst nicht träumen, du sollst schaufeln!«, ruft mich Tim aus meinen Gedanken zurück.
»Hast du Heimweh?«
Er schaut mich besorgt an.
»Du gehst doch nicht schon wieder weg?«
Ich schüttle den Kopf.
»Ja, ich habe Heimweh. Aber nein, ich gehe noch nicht weg. Keine Angst: Wenn ich gehe, dann komme ich wieder. Immer wieder.«
Irgendwann liegt keine einzige Schneeflocke mehr auf dem Weg zum Hotel Maggiweid. Sogar der Seiteneingang ist freigeschaufelt. Ich mag aber Emil nicht begegnen und gehe auf mein Zimmer, dusche heiß und ziehe mich um. Sorgfältig frisiere ich meine

Haare und binde meine Locken hinten zusammen. Meine Wangen sind gerötet von der frischen Luft und der heißen Dusche. Die Augenringe sind fast nicht mehr zu sehen. Wimperntusche, Lippenstift, Puder.
Ich halte inne.
Was tue ich hier eigentlich?
Ich putze mich heraus für diesen Emil, den ich gar nicht kenne und den ich im Moment genauso sehr brauche wie noch mehr Schnee oder noch einmal Weihnachten.
Genau!
Um mich auf andere Gedanken zu bringen, rufe ich zu Hause an. Meine Seele braucht Erdung. Amelie und Lilly sind nicht erreichbar, und ich stammle ein paar Worte auf die beiden Anrufbeantworter. Ja, ich bin enttäuscht. Nicht einmal eine SMS von den Mädchen ist gekommen. Sie vermissen mich anscheinend gar nicht, wundern sich nicht über meine Abreise und glauben Paul, der ihnen sicher irgendeine blöde Geschichte erzählt hat.
Aber sie sind ja auch nicht schuld. Es ist allein das Problem von Paul und mir. Und mit Paul mag ich jetzt einfach nicht reden. Noch nicht.
So oft habe ich erlebt, wie Freundinnen betrogen worden sind. Einige konnten verzeihen, andere nicht. Ich kenne auch Ehepaare, die sich arrangieren und Seitensprünge erdulden oder gar ignorieren und verdrängen. Immer wieder.
Und ich?
Kann ich verzeihen?
Will ich verzeihen?
Ich weiß einfach nicht mehr, ob Paul unsere Ehe noch etwas bedeutet, ob ich ihm noch wichtig bin. Das aber wäre die Voraussetzung für jede weitere Überlegung.

Beim Abendessen ist der schöne Emil immer noch da. Er gehört ja zur Familie. Wir schieben in der Gaststube die Tische zusammen und essen mit den Hotelgästen ein Käsefondue. Dazu läuft Ländlermusik aus dem Radio. Die Gäste sind begeistert über die große, fröhliche Tafelrunde. Tim auch: Es ist sein Lieblingsessen. Ich tauche meine Brotstücke in die gleiche Käsesuppe wie Emil, und unsere Blicke begegnen sich zwangsläufig ab und zu. Sie verraten mehr, als wir uns sagen könnten, sagen wollten. Es gibt eine magische Anziehungskraft, die ich zwar nicht spüren will, die aber ungefragt existiert und mich völlig verwirrt.
Gerade noch war ich einfach nur verletzt und traurig. Diese Gefühle kann ich immerhin verstehen und einordnen. Aber dass ich hier einen Mann treffe, der mich derart aus dem Gleichgewicht bringt, irritiert mich total. Achtzehn Jahre bin ich mit Paul verheiratet, und es fiel mir immer leicht, treu zu bleiben, da ich gar nie in Versuchung geriet. Und jetzt kommt da ein Bergler daher, und alles ist anders. Zufall kann das nicht sein. Seltsames Timing.

»Du träumst schon wieder!«, sagt Tim laut und vorwurfsvoll. Und allen, die es hören wollen, erklärt er: »Sie hat Heimweh.«
Ein paar Leute lachen, einige mustern mich neugierig. Ein kleines Mädchen sagt leicht tadelnd: »Aber das haben doch nur Kinder.«
Karin streicht mir kurz übers Haar. Und Emil?
Er bohrt seine Augen in meine und fragt Tim: »Das ist aber traurig. Was können wir denn dagegen tun?«
Tim überlegt kurz und verkündet dann seine Therapie: »Vielleicht sollten wir morgen mal auf den Klingenstock fahren. Von dort aus kannst du bis nach Hause sehen. Und ich könnte dir alle Berge zeigen und auch erklären, wie sie heißen.«
»Gute Idee«, sagt Emil lächelnd. »Und ich gehe abends mit ihr durch die Kneipen.«

»Ich habe aber auch noch ein Mitspracherecht?«, antworte ich.
»Nein«, erklärt Emil.
»Was ist Mitspracherecht?«, fragt Tim.
»Lasst sie einfach in Ruhe«, kommt mir Karin zu Hilfe. »Sie will sich hier ein wenig erholen. Also, macht kein Programm für sie. Alles klar? Da beute ich sie doch lieber als billige Aushilfskraft aus.«
Schön, wie sie sich um mich sorgt. Das rührt mich, und meine Augen füllen sich mit Tränen. Emil, der das sieht, zieht erstaunt eine Augenbraue nach oben.
»Entschuldigung«, sagt er kleinlaut.
Ich stehe auf und helfe beim Abräumen. Geschäftig wiesle ich hin und her. Karin zu helfen, das hilft mir. Eine Win-win-Situation. Genauso geht es Bernadette. Hier wird keiner ausgenützt. Es passt einfach alles.
»Karin, ich geh früh schlafen heute«, sage ich leise.
»Schon gut. Mach das.«
Karin umarmt mich. Sie ist dünn geworden und zerbrechlich. Ich spüre ihre Knochen.
»Danke, dass du hier bist, Sonja. Du weißt, was Bernadette sagt?«
»Alles wird gut«, sagen wir wie aus einem Munde und lachen ein wenig. Wir glauben es beide nicht.

Im dunklen Treppenhaus steht Emil. Er versperrt mir den Weg.
»Du willst einfach davonlaufen? Vor mir?«
Mein Herz klopft laut.
»Spinner«, sage ich nur, aber es klingt nicht böse und schon gar nicht abschreckend.
»Ich lass dich ja schlafen gehen. Ich wollte dir nur Gute Nacht sagen.«
Frech nimmt er mich in die Arme und drückt mich sanft an sich. Ich bin überrumpelt und werde steif wie ein Brett. Er lässt mich

sofort wieder los, und ich bleibe einen Augenblick lang wie angewurzelt stehen. Dann renne ich die Treppe hinauf wie ein aufgeregter Teenager, und exakt so fühle ich mich auch.
»Ich komme wieder!«, ruft Emil mir lachend hinterher.
Eine Drohung?
Ein Versprechen?

21

»Sei vorsichtig mit meinem Schwager«, warnt mich Karin am nächsten Morgen. Sie wirkt ein wenig besorgt. »Er ist in Ordnung, keine Frage. Ein guter Schwager. Aber er ist auch ein unverbesserlicher Schürzenjäger, der jedes Jahr Herzen bricht, es nie wirklich ernst meint. Er flirtet mit jeder Frau und hatte noch nie eine längere Beziehung. Was ich sagen will … er könnte deine Gemütslage ausnützen.«
Wir sitzen beim Frühstück, und ich fühle mich einmal mehr wie ein Teenager. Genauso würde ich wohl mit meiner Tochter sprechen.
»Ja, Mama«, sagte ich deshalb und lächle in meinen Milchkaffee hinein.
Bernadette meint: »Lass ihr doch den Spaß. Sie braucht ein wenig Ablenkung.«
Die alte Dame gefällt mir von Tag zu Tag besser.
»Wenn es nur zur Ablenkung ist: Meinen Segen hast du«, lacht Karin, wird aber gleich wieder ernst und schüttelt den Kopf. »Ich habe nur kein gutes Gefühl dabei.«

Ich sage gar nichts. Was soll ich auch sagen? Die halbe Nacht lag ich wach, wälzte mich im Bett und versuchte, meine Gefühle und meine Gedanken zu ordnen. Dann öffnete ich das Fenster und zog die eiskalte Nachtluft in den hintersten Winkel meiner Lungenflügel. Es half alles nichts. Einschlafen konnte ich erst, als ich beschloss, über gar nichts mehr nachzugrübeln, gar nichts mehr steuern und analysieren zu wollen. Meine Gefühlslage ist völlig durcheinander und chaotisch. Ich bin todtraurig, enttäuscht, zerbrochen – und gleichzeitig offenbar sehr empfänglich für romantische Anwandlungen.
Ich habe nun beschlossen, einfach in den Tag hineinzuleben und alles zu nehmen, wie es kommt, wie es sich ergibt. Seither geht es mir besser. Wenn ich schon fühle wie ein Teenager, kann ich mich auch so benehmen.

»Ihr Kinderlein kommet«, singt Karin plötzlich hinter mir, und bevor ich anfangen kann, mich zu wundern, höre ich Schritte und Lachen, und meine beiden Töchter poltern in die Gaststube.
»Wie schön!«, rufe ich aus.
Ich stehe auf und schließe meine Mädchen in die Arme. Das ist ihnen heute ausnahmsweise überhaupt nicht peinlich. Im Gegenteil: Sie drücken und küssen mich, als hätten sie schon befürchtet, mich niemals mehr wiederzusehen.
Stolz stelle ich Karin, Bernadette und Tim meine hübschen Töchter vor. Sie setzen sich zu uns, werden sofort bedient und umsorgt und essen, als hätten sie nie mehr etwas bekommen, seit ich weg bin.
»Papa hat eine Scheißlaune. Am schnellsten ist er auf hundert, wenn wir fragen, warum du weg bist und was passiert ist«, erzählt Lilly und schiebt sich ein Honigbrötchen in den Mund.
»Wir wissen trotzdem Bescheid«, verkündet Amelie verschwörerisch. »Wir haben einen Streit zwischen Oma und Papa mitbe-

kommen. Oma hat ganz furchtbar mit Papa geschimpft. Aber richtig.«

»Das hat er auch verdient«, meint Lilly dazu.

»Hat er wirklich mit einer Tussi aus der Bank rumgemacht? Das hätten wir ihm nie zugetraut! Stimmt das?«

Ich weiß gar nicht, was ich sagen soll. Es ist ein Unding, diese Probleme mit meinen Töchtern zu besprechen. Sie haben allerdings auch ein Recht, zu wissen, was los ist.

Bernadette kommt mir zu Hilfe: »Fragt nicht so viel. Gebt eurer Mutter ein wenig Zeit, das selber alles zu verarbeiten. Es wird alles gut. Aber es braucht Zeit.«

Ja, ja, alles wird gut.

Vielleicht.

Wenn man es tausendmal sagt?

Oder funktioniert das bloß, wenn man selber daran glaubt?

»Mama, wir haben doch noch Schulferien. Könnten wir sie nicht hier verbringen?«, fragt Lilly plötzlich.

»O ja, Sportferien auf dem Stoos. Das wäre cool«, doppelt Amelie nach.

»Wir müssten dann allerdings Chico mitbringen.«

Ich schaue fragend zu Karin, die nur mit den Achseln zuckt und wohl meint, das müsse ich selber entscheiden.

»Wenn Papa einverstanden ist, könnt ihr kommen. Wenn ihr es zusammen mit dem Hund in einem Zimmer aushalten könnt.«

»Ihr habt einen Hund?«, fragt Tim begeistert. »Super!«

Ich beobachte unsere Frühstücksrunde und frage mich, wozu wir eigentlich Männer brauchen. Es ist gerade herrlich gemütlich. Und so einfach und unkompliziert.

Tim verspricht den Mädchen, ihnen die besten Snowboardpisten zu zeigen. Darauf beschließen meine Töchter, gleich heute mit dem kleinen Kerl loszuziehen.
Als die Kinder weg sind, helfe ich beim Abräumen und grüble vor mich hin. Ich habe keine Ahnung, wie es mit mir und meiner Familie weitergehen soll.

Der heutige Tag ist ein strahlend-sonniges Wintermärchen. Bald schon ist die Terrasse voll, und wir geben uns große Mühe, möglichst viel Umsatz zu machen. Wir haben alle das Hotel noch keineswegs aufgegeben.
Am Nachmittag kommt Emil vorbei, und Karin stichelt leise: »Normalerweise sehen wir Emil hier nicht so häufig. Er hat ja selber ein Geschäft.«
Ja, inzwischen weiß ich, dass Emil direkt neben der Stoos-Bergstation einen Kiosk mit einem kleinen Imbiss betreibt. Es soll eine richtige Goldgrube sein. Außerdem besitze er ein paar Ferienwohnungen, die er über eine Agentur vermieten lässt.
»An solch schönen Tagen überlässt er seinen Kiosk sonst nie den Aushilfen. Ihn hat wohl das Jagdfieber gepackt.«
»Ist ja gut. Ich habe verstanden.«
Ich bin schon ganz verlegen. Karin nimmt mir das Serviertablett aus den Händen.
»Na los, mach mal Pause. Setz dich zu ihm in die Sonne. Ich bringe dir einen Kaffee.«
Ich hole mir eine Jacke, und Emil freut sich sichtlich, als ich mich zu ihm setze. An der Hauswand ist es erstaunlich warm. Mitten in der verschneiten Bergwelt sitzen wir hier in der Sonne. Es ist wunderschön.
»Du lächelst ja, Sonja«, sagt Emil und strahlt mich an. »Es besteht also noch Hoffnung.«

»Spinner!«

Wo ich ihn schon einmal so genannt habe, bleibe ich dabei.

»Es ist wunderschön hier«, erkläre ich dann.

»Ach, ich dachte, du lächelst mich so verzückt an.«

»Träum weiter!«

Emil schaut mich an, und jetzt lacht er nicht mehr.

»Mag sein, dass mein schlechter Ruf mir vorausgeeilt ist, und ziemlich sicher ist fast alles wahr, was man über mich erzählt. Aber es ist auch wahr, Sonja, dass du mich berührst und dass es umgekehrt genauso ist. Und ich spüre, wie verletzt und traurig du bist. Nein, ich werde das nicht ausnützen. Aber ich könnte dich ein wenig ablenken, dich trösten, dich aufmuntern. Was spricht dagegen?«, sagt er in ernstem Tonfall.

Vorsichtig streicht er jetzt mit seinem Zeigefinger über meinen Handrücken, und mir wird heiß. Die Geste ist zärtlich und rücksichtsvoll zurückhaltend, nur vorsichtig fragend. Ich ziehe meine Hand nicht zurück, und ja, jetzt lächle ich ihn tatsächlich an. Meine Seele ist so verletzt, mein Ego so beschädigt. Und dieser Mann tut mir unglaublich gut. Gerade wurde ich gedemütigt und erniedrigt. Und nun kommt einer und wirbt derart charmant um meine Gunst. Ich kann mir nicht vorstellen, dass er mich verletzen wird; er spielt doch mit offenen Karten, oder etwa nicht? Er liebt mich nicht. Ich liebe ihn auch nicht. Vielleicht bin ich tatsächlich ein wenig trotzig und denke, eine Affäre könne mir jetzt schließlich keiner verbieten. Und ein bisschen verguckt habe ich mich schon, wenn ich ehrlich bin. Obwohl mir das selber völlig irrwitzig und surreal erscheint. Aber auf jeden Fall kann ich »mildernde Umstände» für mich geltend machen, nicht wahr?

Emil holt mich aus meinen Gedanken: »Ich führe heute Abend eure beiden Gast-Ehepaare aus. Wir besuchen das wilde Nachtleben auf dem Stoos. Komm doch mit!«

Ich will schon ablehnen, da schickt er ein unschlagbares Argument ins Rennen: »Weißt du, Sonja, das hat früher immer Lukas gemacht. Ich kann nicht ständig Karins Hotelgäste ausführen. Aber wenn du länger hierbleibst, könntest du ab und zu diese Tour mit den Gästen machen. Es sind ja nur zwei, drei Lokale, die wir besuchen.«
Das leuchtet mir ein.
Ich sage zu.
»Super. Ich werde mit dir angeben. Die Leute werden sich das Maul zerreißen: ›Jetzt hat er wieder eine Neue. Wow, die ist aber besonders schön. Wo er die wohl her hat? Wie macht er das bloß? Er muss ein ganz und gar großartiger Mann sein.‹«
»Spinner!«
Ich laufe lachend davon.
Ja, das schafft er tatsächlich: Er muntert mich auf.
Und weil irgendwo tief in meinem Inneren gleich wieder etwas sticht – ist es ein schlechtes Gewissen oder irgendein anderes ungutes Gefühl? –, rechtfertige ich mich mit einem weiteren vernünftigen Gedanken: Vielleicht ist es ganz gut, einmal allein mit Emil reden zu können. Nächste Woche wird sich schließlich die Zukunft des Hotels entscheiden. Mich würde es schon interessieren, was Emil dazu zu sagen hat.

Tim und die Mädchen kommen von der Piste zurück. Tim schwärmt von meinen Töchtern. Sie haben sich wohl rührend um ihn gekümmert. Und er ist sichtlich beeindruckt von ihren Fahrkünsten. Kurz darauf machen die beiden sich wieder auf den Heimweg, und ich blicke ihnen etwas wehmütig hinterher.

Am Abend will nur eines der beiden Ehepaare mit auf den nächtlichen Rundgang: Bärbel und Koni. Als Emil gegen acht kommt, sind wir alle schon bereit. Bärbel und Koni freuen sich aufs Ausgehen ohne Kinder. Sie haben sich fein gemacht.

Auch ich habe mir Mühe gegeben, aber ich fand nur sportliche Tenues in meinem Koffer. Karin hat mir eine bezaubernde weiße Bluse geliehen, die zu meinen Jeans einiges hermacht. Ob sie wusste, dass Emil immer weiße Hemden und Jeans trägt? Wir müssen jedenfalls lachen, als wir uns gegenseitig in Augenschein nehmen.

»Wir passen perfekt zusammen, Sonja«, erklärt Emil. »Das wusste ich sofort.«

Dick vermummt spazieren wir durch die Nacht. Der Schnee knirscht unter unseren Schuhen.

»Schaut euch das Sternenmeer an. So etwas sieht man im Unterland kaum noch, vor lauter Lichtverschmutzung«, schwärmt Emil und zeigt in den Himmel. »Die Nacht ist bezaubernd, aber auch eiskalt. Man unterschätzt das oft. Es kann hier nachts minus zwanzig Grad werden, auch wenn man tagsüber noch an der Sonne Kaffee getrunken hat.«

Heute seien es nur minus zwölf Grad. Emil legt seinen Arm um mich. Ich spüre seine Wärme. Lustig, so harmlos und durchschaubar haben schon in meiner Jugendzeit die ersten Annäherungen stattgefunden. Tatsächlich rücke ich gern ein wenig näher an ihn ran.

Als wir an der beleuchteten Kapelle vorbeigehen, sagt Emil mit belegter Stimme: »Dass mein Bruder so plötzlich gestorben ist, hat mich arg durchgeschüttelt. Vielleicht hast du grad Glück, dass du mich erst jetzt kennen lernst. Dass jemand derart schnell aus meinem Leben verschwinden kann, der mir so nahestand, hat mir den Ernst des Lebens vor Augen geführt. Vielleicht werde ich doch noch erwachsen.«

»Das war sicher schlimm. Auch für Karin ist das ja kaum zu verkraften. Und nun wird sie vielleicht auch noch ihr Zuhause verlieren.«

Ich klopfe ein wenig auf den Busch. Das ist immerhin zurzeit *das* drängende Thema.

»Es ist *mein* Zuhause!«

Dies entfährt Emil mit einer solchen Heftigkeit, dass ich erschreckt zusammenzucke. Was für ein veränderter, harter Tonfall! Aufgebracht fährt er fort: »Als meine Eltern starben, bekam ich das Haus an der Bergstation und Lukas das Hotel. Aber das Hotel war immer das Zentrum unserer Familie. Wenn Karin noch ein paar Monate so weitermacht, ist der Betrieb am Boden, und dann braucht es lange, bis es wieder rundläuft. Daher finde ich, sie soll jetzt verkaufen. Sie wird es allein ohnehin nicht schaffen.«

Er redet sich zunehmend in Rage, und ich bin ein wenig irritiert. Da gibt es einen wunden Punkt, den ich nicht kannte und direkt getroffen habe.

»Und wieso versucht ihr es nicht gemeinsam?«, frage ich.

Emil schüttelt den Kopf und wehrt sich vehement: »Wir sind doch nicht im tiefsten Afrika, wo der Bruder die Witwe erbt. Ich möchte irgendwann mit meiner eigenen Familie dort leben. Für zwei Familien reichen die Einkünfte aber nie.«

Ich verstehe trotzdem nicht, wie er Karin so bedrängen kann und warum er sich über meine harmlosen Fragen so aufregt. Er hätte vielleicht sogar genug Geld, um ihr einen Kredit zu geben. Dann könnte man derart schwerwiegende Entscheidungen hinauszögern, bis Karin wieder klar denken kann. Er könnte sie anstellen oder ihr den Kiosk übergeben oder was weiß ich für eine Lösung finden, aber er scheint gar nichts für sie tun zu wollen, sich auf kein Hilfsmodell einzulassen … Er gibt sich trotzdem als Freund von Karin. Das ist eigenartig. Ob ich wesentliche Zusammenhänge nicht sehe, weil ich weder Karin noch Emil gut genug

kenne? Oder … ist vielleicht doch etwas faul an meinem sonnigen Sonnyboy?
Ein kleines, helles, rotes Warnlämpchen leuchtet in meinem Kopf auf.

Aber ich kann nicht darüber nachdenken, denn wir kommen im Restaurant Alpstubli an. Unten im Hotel gibt es eine Bar, in der regelmäßig Ü30-Partys gefeiert werden. Über dreißig, das sind wir alle. Also treten wir ein. Es ist heiß hier drinnen, und wir schlüpfen sofort aus unseren dicken Jacken. Die Musik ist laut, die Tanzfläche voll. Wir finden vier freie Plätze in einer dunklen Ecke. Nachdem wir bestellt haben, zieht Emil mich unerbittlich auf die Tanzfläche. Warum auch nicht? Der DJ spielt gerade einen Oldie nach dem anderen. Jetzt läuft »Ti amo« von Umberto Tozzi. Ich habe meine speziellen Erinnerungen an dieses Lied, doch Emil verdrängt sie, indem er mich zart an sich drückt und mich im Takt zur Musik in seinen Armen schaukelt. Er tanzt gut. Kein Wunder, dass er einen leichten Zugang zu den Frauen hat.
»Sonja, du riechst gut«, sagt er, als er seine Nase in meine Haare gesteckt hat. Dann schickt er seine Hände auf Entdeckungsreise und flüstert: »Dein Körper fühlt sich wunderbar an.«
Er ist charmant und liebevoll. Und er sieht wirklich umwerfend gut aus. Für ein paar Minuten kann ich einfach alles vergessen. Alles, was war, und alles, was sein könnte, hat in diesem Augenblick keine Bedeutung. Emils Zärtlichkeit und sein Charme sind ein Geschenk, eine Medizin, nach der meine verletzte Seele geradezu schreit. Ich kann mich nicht einmal mehr erinnern, wann mich ein Tanz so erregt und erhitzt hat. Ich fühle mich zurückversetzt in meine Jugend. War es dieses Prickeln, das mein Mann gesucht hat, als er sich auf Isabelle eingelassen hat? Weil er es zwischen uns vermisst hat?

Dieser Gedanke wirkt äußerst ernüchternd. Emil spürt die Veränderung sofort, und wir gehen an unseren Platz zurück. Der bunte Drink mit Schirmchen und viel Eis kommt wie gerufen, doch er kann an meinem Gemütszustand nicht viel ändern.
Emil schlägt bald schon einen Lokalwechsel vor. Er mag ein Schürzenjäger sein, aber er ist sehr feinfühlig.

Wir müssen gar nicht in die Kälte, gehen nur von der Bar hinüber in die Gaststube. Hier spielt Xaver, der Wirt, höchstpersönlich auf dem Kontrabass. Er hat sich Verstärkung geholt, und so ist für Stimmung gesorgt. Ich würde gern zurück ins Hotel. Zu viel Jubel und Trubel herrschen mir hier. Aber unsere Gäste sind total begeistert. Wir trinken einen Kaffeeschnaps. Bärbel und Koni tanzen. Emil ist mit einem Mann vom Nebentisch ins Gespräch gekommen, behält mich aber stets im Auge. Es wird gejodelt, gesungen, einer klappert mit Löffeln. Die Stimmung reißt mich ein wenig mit, lässt mich wieder lachen und fröhlich sein.
»Alles gelebte Folklore, nichts Gestelltes für Touristen«, sagt Emil stolz. »Diese Abende stehen in keiner Agenda. Sie finden statt oder eben nicht, je nach Laune des Chefs.«
Als ein angetrunkener Gast gegen unseren Tisch läuft und mein Glas umfällt, sodass die ganze Brühe sich über meine Jeans ergießt, beschließen wir einhellig, es sei nun Zeit, zu gehen.
Emil stellt mich noch kurz Xaver vor, der mich eingehend mustert und dann betont: »Karins Freunde sind auch meine. Komm doch mal vorbei und trink einen Kaffee bei mir, tagsüber, wenn ich Zeit habe. Versprich mir das!«
Der Wirt wirkt sehr sympathisch, und ich beschließe, bei Gelegenheit seiner Einladung Folge zu leisten. Als wir uns verabschieden, hält er mich einen Moment zurück und flüstert mir zu: »Pass auf mit diesem Hallodri!«

Die kalte Nacht tut gut. Ich ziehe die frische Luft tief in meine Lungen. Emil hakt sich bei mir unter.
»Was ist los, Sonja? Wo habe ich dich verloren? Irgendwann hat dich heute plötzlich die Vergangenheit eingeholt, nicht wahr?«
Ich nicke nur.
»Schon gut. Die Momente davor nimmt uns niemand mehr … die haben sich bei mir eingebrannt. Du und ich beim Tanzen. Es war, als würde die Luft brennen.«
Er hat recht. So war es einen kleinen Moment lang. Ich ärgere mich, dass ich diese Stimmung verdorben habe. Ich denke zu viel, statt einfach zu genießen.
Eigentlich hätte jetzt noch die Klingenstock-Bar auf unserem Programm gestanden, aber wir haben ja genug für heute. Wir schauen nur kurz vorbei, damit ich weiß, wo die Bar ist und wie sie aussieht. Eine einheimische Rockband lässt es gerade krachen. Die Lautstärke ist ohrenbetäubend, und wir werden quasi von den Schallwellen wieder aus der Bar geschoben. Keine Frage, der Stoos hat ein Nachtleben.
Wir spazieren zum Hotel zurück. Unsere Gäste verabschieden sich und gehen ins Haus. Ich will ihnen folgen, aber Emil hält mich zurück.
»Nur eine Umarmung, Sonja. Lass mich nicht einfach gehen.«
Er ist so liebevoll und findet immer den richtigen Ton. Als er mich hält, zärtlich und doch fest, mich drückt und ein wenig schaukelt, mein Haar küsst, mir tausend liebe Worte sagt, da schaltet sich meine Vernunft wie von selbst aus. Was kümmert mich die Welt, das Leben, das Morgen? Ich möchte mich nur noch fallen lassen. Wir küssen uns, zuerst ganz vorsichtig, als müssten wir beide noch herausfinden, ob uns das gefällt. Aber dann verschmelzen wir leidenschaftlich miteinander, die Zeit scheint stillzustehen, keinerlei Rolle mehr zu spielen, und als wir uns wieder loslassen, nach

einer kleinen Ewigkeit, stehe ich wie verloren da, fast taumelnd.
»Danke. Schlaf gut, Sonja«, sagt Emil leise, küsst mich noch einmal auf meine Nasenspitze und geht einfach davon.
Ich schaue hinter ihm her, sehe, wie er langsam in der Nacht verschwindet. Nein, er dreht sich nicht mehr um, und das ist gut so.

Ich schlafe mit einem winzigen Lächeln auf den Lippen ein und halte es tatsächlich erstmals für möglich, dass irgendwie irgendwann alles wieder gut wird.

22

Ich schlafe tief und fest und lange. Keiner weckt mich. Bis es neben meinem Bett bellt und gleich danach eine feuchte Hundeschnauze direkt über meinem Gesicht auftaucht und an meiner Nase herumzuschlecken beginnt. Träume ich? Ein weißes, pelziges Hundetier in meinem Bett!?
Einen Moment brauche ich, um mich von meinem ersten Schreck zu erholen, dann aber freue ich mich riesig, dass Chico mich so aufgeregt begrüßt. Er muss mich tatsächlich vermisst haben. Ich streichle und knuddle ihn ausgiebig.
»Hallo, Chico. Schön, dass du da bist. Was bist du nur für ein schönes Tier! Und sooo lieb!«
Meine Mädchen müssen hier sein und haben den kleinen Vierbeiner einfach in mein Zimmer gelassen. Ich mache mich kurz frisch, ziehe mich schnell an und gehe runter in die Gaststube. Chico trippelt hinter mir her. Doch die Zwillinge sind nicht hier.

»Suchst du deine Töchter? Sie sind schon unterwegs. Sie haben nur ihr Gepäck und den Hund hier abgegeben und sind dann gleich auf die Piste. Dafür haben sie Tim mitgenommen«, erklärt Bernadette.
Das passt zu den beiden. Ich mache mir eine Tasse Kaffee und setze mich zu Bernadette, die gerade in einer Zeitung blättert. Gäste sind keine da.
»Unsere beiden Gastfamilien reisen heute ab«, berichtet sie. »Und stell dir vor: Das Haus ist heute erstmals wieder ausgebucht. Vierzehn junge Holländer kommen. Nur bis Sonntag. Aber das wird Karin guttun.«
»Sagt mir, wenn ich helfen kann. Teilt mich einfach ein«, sage ich.
»Gut, das machen wir.« Und dann erzählt sie mir, wie sehr sie sich wegen Karin sorgt: »Ich wohne in ihrer Privatwohnung, direkt im Zimmer neben ihr. Sie weint sich jeden Abend in den Schlaf. Jeden Abend. Manchmal wacht sie mitten in der Nacht schreiend aus ihren Albträumen auf. Und am Morgen kommt sie lächelnd hier in die Gaststube. Sie spielt uns etwas vor. Sie ist nicht nur traurig, sie ist abgrundtief verzweifelt. Und ich habe keine Ahnung, wie ich ihr helfen kann, wenn die Bank nächste Woche eine neue Hypothek ablehnt.«
Ich drücke kurz Bernadettes Hand. Ich habe auch keine Idee. Natürlich gäbe es sicher da und dort Möglichkeiten, den Hotelbetrieb wieder anzukurbeln. Aber dabei ginge es nur ums Überleben, um die Zukunft. Karin aber braucht jetzt Geld. Die Sanierung der elektrischen Anlagen wurde schon angemahnt. Das lässt sich nicht mehr verschieben, sonst schließt man ihr das Haus. Und ich kenne den Bankbetrieb: Die Vorzeichen für eine neue Hypothek stehen schlecht.
Bedauernd erkläre ich Bernadette meine finanzielle Lage: »Ich habe leider auch nur wenig eigenes Geld. Paul und ich haben zwar

gespart, aber natürlich für die Familie, für die Ausbildung der Kinder, für familiäre Notfälle. Es wäre unverantwortlich, dieses Geld hier ins Hotel zu stecken. Paul wäre zu Recht dagegen.«
Das sieht Bernadette auch so. Sie seufzt. Heute sieht sie alt und müde aus.
»Ich mache mir auch aus egoistischen Gründen Sorgen«, gibt sie zu. »Ich würde am liebsten hier oben bleiben.«
»Ich auch«, sage ich, was uns beide zum Lachen bringt.
»Du weißt aber, dass du noch einen Mann zu Hause hast? Er hat den Mädchen ein Paket für dich mitgegeben.«
Oh.
»Du hast ihn doch nicht schon vergessen, vor lauter Emil?«
Ich werde rot, und Bernadette lacht mich aus.
»Emil ist wirklich attraktiv. Durchaus irgendwie ein Mann zum Verlieben. Aber ich glaube nicht, dass er viel taugt. Das ist natürlich nur so ein Gefühl. Aber... War es schön gestern?«
Ich werde unter ihrem durchdringend prüfenden Blick ganz verlegen.
»Aha, es war schön«, lacht sie.
»Er ist charmant, witzig, zärtlich, süß«, gebe ich zu.
»Und wo ist der Haken?«, will Bernadette wissen.
Ich zucke nur mit den Schultern.
»Das Paket liegt neben der Kaffeemaschine«, sagt Bernadette und steht auf, um ein Grüppchen älterer Leute zu bedienen, die gerade in die Gaststube gekommen sind, um zu jassen.
Natürlich schaue ich gleich nach, was mir Paul bringen ließ. Es ist mein Laptop, sorgsam in mehrere Lagen Packpapier eingewickelt. Dazu ein Brief von Paul. Wann habe ich zum letzten Mal einen Brief von ihm bekommen? Ich glaube, das war, als er Militärdienst geleistet hat. Wir waren jung, verliebt und voller Sehnsucht, konnten die Trennung kaum ertragen.

Mein Herz klopft laut. Ich gehe mit dem Brief ins Treppenhaus, wo ich ungestört bin, und öffne ihn. Chico sitzt zu meinen Füßen und beschnüffelt ausgiebig meine Schuhe. Pauls von Hand geschriebene Zeilen berühren mich bereits, als ich sie nur anschaue.

Liebe Sonja
Ich liebe Dich.
Habe Dich immer geliebt.
Werde Dich immer lieben.
Ich war dumm und verblendet. Ich habe sämtliche Klischees eines Mannes im schwierigen Alter erfüllt. Da kam eine attraktive Frau, die sich um mich bemüht hat, und plötzlich spürte ich ein Knistern, ein Feuer, das mir das Gefühl gab, selbst wieder jung und attraktiv und lebendig zu sein. Von einer jungen Frau so begehrt zu werden, gab meinem Ego Auftrieb und Bestätigung. Und ich habe mich auf eine Affäre eingelassen, die mich nur einen Moment lang begeistert hat.
Ich wollte Dir nie wehtun.
Aber ich habe Dich verletzt.
Der Gedanke, dass es Dir schlecht geht und dass ich nicht der sein kann, der Dich tröstet, was meine Aufgabe wäre, macht mich wahnsinnig. Es führt mir vor Augen, wie groß mein Fehler war.
Ich bitte Dich um Verzeihung.
Bitte schreib mir doch eine E-Mail, eine winzige. Oder lass ab und zu auf Facebook etwas von Dir hören. (Ja, ich bin über meinen Schatten gesprungen und habe mich angemeldet.) Ich werde jeden Abend online sein, damit Du mit mir skypen kannst, wenn Du willst.
Ich sehne mich nach Dir.
Dein Paul

Puh.
Jetzt hat er mich wieder, der Schmerz.
Ich lasse mich auf die unterste Stufe im dunklen Treppenhaus fallen und weine. Was habe ich denn erwartet? Dachte ich, ich könnte Paul einfach abschreiben, vergessen, auslöschen, indem ich in Emils Arme flüchte? Wie blöde kann eine Frau in meinem Alter eigentlich sein?
»Was ist passiert?«
Karin setzt sich neben mich auf die Stufe und legt den Arm um mich. Sie sieht den Brief in meinen Händen.
»Von Paul?«, will sie wissen. Ich nicke.
»Und?«
»Ich weiß nicht. Es tut so weh. Ich habe noch tonnenweise Gefühle für ihn. Aber ist das Liebe? Und ist diese Liebe groß genug, dass ich verzeihen und vergessen kann? Oder ist es mehr die gemütliche Geborgenheit, die Sicherheit, die Gewohnheit, die Vertrautheit der gemeinsamen Jahre, eine Art liebevolle Freundschaft? Und reicht das für einen Neuanfang?«
Ich erzähle ihr, was mir gestern beim Tanzen mit Emil durch den Kopf ging.
»Paul hat doch auch nur das Prickeln gesucht, das Aufregende, die Schmetterlinge im Bauch. Und er hat das gesucht, was bei uns irgendwie verloren gegangen ist.«
»Aber das ist völlig normal, Sonja, dass langjährige Beziehungen sich verändern. Sie werden deswegen nicht kalt, nur eben anders«, ereifert sich Karin, und ich weiß, sie denkt an ihren Lukas und hält mich für undankbar gegenüber meinem Glück.
Wir werden unterbrochen von den beiden Gastfamilien, die sich verabschieden. Sie wirken ein wenig irritiert ob der zwei verheulten Weiber im Treppenhaus. Gut, dass Chico sie ablenkt, indem er in riesiger Aufregung ständig um sie herumrennt. Sicher war er

viel allein in letzter Zeit. Hier dagegen ist etwas los. Die beiden Familien wollen bereits im Sommer wiederkommen, so sehr hat es ihnen hier gefallen. Karin schluckt zweimal leer und trägt dann ihre Reservierung für den August ein.

Während Ljubica und Bernadette die Zimmer putzen, weil die Frau aus dem Dorf, die das üblicherweise macht, heute krank ist, treffen schon die Holländer ein. Aber auch sie deponieren nur ihre Sporttaschen im Haus und wollen sofort auf die Piste. Das Wetter ist heute wieder wunderschön.
Bald nimmt uns der normale Tagesbetrieb in Beschlag. Die Terrasse ist gut besucht. Mir tut es gut zu arbeiten. Früher hätte ich mir einen Job im Gastgewerbe niemals vorstellen können. Aber es macht mir richtig Spaß. Oft bin ich sogar froh, wenn es hektisch wird, weil ich dann gar nicht mehr merke, wie anstrengend die Arbeit eigentlich ist. Und ich habe die nötige Gelassenheit, schwierige Gäste zu ertragen, denen prinzipiell alles zu kalt oder zu heiß ist, die jedes Getränk immer in einem anderen Glas, einer anderen Tasse haben wollen, jede Bestellung mehrfach ändern und finden, alles gehe furchtbar langsam. Es gibt Gäste, die aus Prinzip zu reklamieren scheinen, oder sie brauchen das einfach für ihr Wohlbefinden. Ja, es braucht gute Nerven, um in der Gastronomie zu arbeiten.
Karin macht es mir vor: Sie lächelt und ist freundlich, den ganzen Tag über. Wie es in ihrem Inneren aussieht, spielt keine Rolle. Das ist wirklich professionell.

In einem ruhigen Moment, in dem ich in der Gaststube mit Karin zusammensitze und wir Zeit für einen Kaffee gefunden haben, schiebt sie mir die »Neue Schwyzer Zeitung« unter die Nase und sagt energisch: »Da, lies mal diese kleine Kolumne.«

Von flügellahmen Schmetterlingen und ausgelatschten Schuhen

Ich habe einmal eine kleine Geschichte gehört, an die ich in letzter Zeit oft denken musste: Eine Frau stellte ihre Blumentöpfe immer auf das Fensterbrett. Ihrem langjährigen Ehemann war dies ein Dorn im Auge. Schließlich konnte man so die Fenster kaum mehr öffnen. Es gab ständig Streit, und die Blumentöpfe wurden hin und her geräumt. Als die Frau unerwartet starb, war es nicht etwa so, dass der Mann nun freudig die Blumentöpfe entfernt hätte. Nein, er stellte sie immer aufs Fensterbrett und goss und düngte sie liebevoll und sprach sogar mit den Pflanzen.

Den Sinn dieser Geschichte brauchte man nicht zwischen den Zeilen zu suchen. In Beziehungen, die schon viele Jahre bestehen, weiß man deren Wert oft nicht mehr richtig zu schätzen. Störende Kleinigkeiten drängen sich in den Vordergrund, wenn die Schmetterlinge im Bauch über die Jahre etwas flügellahm geworden sind. Eine Freundin von mir meinte einmal, ihre Ehe sei »wie ein Paar ausgelatschte Schuhe«.

Ausgelatschte Schuhe? Sicher, die könnten geweitet, durchlöchert und untragbar geworden sein. Sie bieten keinen Schutz mehr und sind nur noch leere Hüllen. Dann muss man vielleicht aussteigen, bevor man sich verletzt. Aber sie können auch total gemütlich sein, herrlich angepasst an die eigenen Füße, ohne irgendwo zu drücken. Sie können Geborgenheit vermitteln. Und so trägt man sie auch noch nach Jahren, selbst wenn die Leute sich darüber wundern. Ab und zu liebäugelt man damit, sich knallige, trendige neue Schuhe zu kaufen. Aber wäre die Freude von langer Dauer? Wer kennt sie nicht, die neuen Schuhe, die einen fast umbringen, weil sie nur schön sind, aber hinten und vorne nicht passen?

In diesen Tagen habe ich die imaginären Blumentöpfe mit besonderer Liebe gegossen. Dafür musste nicht erst einer sterben. Manchmal reichen ein paar schmerzhafte Ereignisse, um den Denkapparat wachzurütteln. Sie sind wichtig, denn sie zwingen uns, das Leben aus neuen Perspektiven zu betrachten.

»Schon klar, Karin. Paul ist mein ausgelatschter Schuh und Emil meine trendige Neuanschaffung, die mich irgendwann fast umbringen wird«, sage ich lachend. Und füge ernst hinzu: »Ja, ja, die Botschaft ist angekommen.«
»Aber eines muss ich dir noch sagen: Du hast das Recht, vielleicht sogar die Pflicht, dir alle Zeit der Welt zu nehmen. Denke nach, gehe in dich, tobe dich aus, mach, was du willst. Und dann entscheide und tu, was du für richtig hältst. Meinen Segen hast du.«
Karin ist ganz ernst. Die Worte sind ihr wichtig. »Könnte ich das Hotel sicher behalten, würde ich außerdem noch sagen: Du kannst hierbleiben, solange du willst.«
Für diese lieben Worte würde ich sie gern umarmen, aber sie steht schon wieder und geht nach draußen, um einen Stammgast zu begrüßen.

Ich bleibe sitzen, in Gedanken versunken. Chico rennt ausnahmsweise mal Karin hinterher.
»Darf ich?«, fragt plötzlich eine Stimme hinter mir, und jemand küsst mich aufs Haar.
Emil. Schon wieder. Ich muss lächeln. Er sitzt ganz nahe neben mir und strahlt mich an.
»Hast du eigentlich heute auch mal frei? Oder bist du hier Hausklave und arbeitest ohne Ende?«
»Siehst du mich arbeiten?«, frage ich zurück.
»Du siehst müde aus. Du bräuchtest mal ein wenig Sonne und Berge. Ich möchte dir so gern den Stoos zeigen, nach und nach. Er wird dir gefallen.«
»Schon okay, nimm sie mit«, sagt Karin, die Emils letzten Sätze gehört hat. »Sie soll hier nicht versauern, und jetzt ist es wieder ruhig. Ich schaffe das allein. Aber bring sie mir wieder! Ich passe derweil auf das wilde Tier auf.«

Emil staunt, dass ich nun plötzlich einen Hund habe. Wie wird er erst staunen, wenn er meine Töchter sieht? Er weiß eigentlich überhaupt nichts von mir. Und ich auch nicht von ihm. Das kleine Warnlämpchen leuchtet wieder auf. Nur ganz kurz.
»Zieh dich warm an. Gute Schuhe. Und dann fahren wir zusammen auf den Klingenstock. Das wird dir guttun, versprochen.«
»Na geh schon!«, fordert mich Karin auf.
Hatte sie nicht eben noch für die ausgelatschten Schuhe plädiert?

Ich bedauere den spontanen Ausflug keine Sekunde. Direkt neben dem Hotel wandern wir ein Stück die Piste hoch. Es wird mir schnell warm. An der windgeschützten Hauswand beim Skihaus Ibach nehmen wir Platz, um etwas zu trinken. Die Wirtin setzt sich sofort zu uns und plaudert angeregt mit uns. Sie interessiert sich für mich und fragt auch nach Karin.
»Bring sie doch dazu, mal wieder herzukommen. Nur für einen Kaffeeklatsch an der Sonne. Sie braucht auch ab und zu einen Tapetenwechsel. Und ich habe Karin gern. Sag ihr, dass sie mich anrufen soll, wenn ich ihr helfen kann«, trägt sie mir auf, und als Emil kurz aufsteht, um einen Bekannten zu begrüßen, fügt sie leise hinzu: »Pass auf mit dem Schürzenjäger!«
Sie lacht zwar dabei, aber ich merke, dass eine ernst gemeinte Warnung dahintersteckt, denn ihre Augen lachen nicht mit.

Emil und ich spazieren hinüber zum Sessellift, einem Sechserlift mit beheizten Sesseln. Ich kenne ihn von unserer letzten Familien-Sommerwanderung. Wir haben alle sechs Sitze für uns und gondeln eine gefühlte Ewigkeit durch die winterliche Idylle nach oben. Emil hält meine Hand, und ich bin berührt von der Schönheit der Landschaft. Er sagt nichts, lässt mich die Natur genießen, macht nur ein paar Fotos von mir. Ich wehre mich nicht und lache locker in seine Handykamera. Es ist fast unheimlich still. Wir schweben durch die klirrend kalte Winterluft, dem Himmel entgegen. Nur ein paar Skifahrer hört man mit ihren Brettern unter uns auf der harten Piste entlangkratzen. Man hebt richtig ab hier. Das ist ein wohltuendes Gefühl.

Oben angekommen, hüpfen wir vom Sessel, und Emil zieht mich sofort mit sich, rechts rüber, Richtung Gipfelkreuz. Ich kann bis nach Schwyz hinuntersehen, sehe sogar unser Haus. Das tut nicht weh, denn ich fühle mich hier Lichtjahre entfernt von der Wirklichkeit.

»Wir sind hier auf 1935 Metern Höhe. Schau dort, die Mythen, die Rigi…« Emil zeigt eifrig von da nach dort und präsentiert mir die Gipfel, als wären es seine. »Dort auf der anderen Seite das Chalberstöckli, der Hengst. Und hinter uns, das ist der Brunnistock. Und wenn du hier weiterläufst, immer weiter, dann kannst du zum Fronalpstock hinüberwandern, über einen bezaubernden Gratweg. Jedes Jahr machen das rund 30 000 Wanderer.«

Ich lache über seine Begeisterung und versuche, ihn zu bremsen: »Es ist wunderschön hier!«, rufe ich aus. »Aber ich muss nicht jeden Berg mit Namen kennen. Wirklich nicht. Ich will sie einfach anschauen und bewundern.«

»Du hast ja recht«, gibt Emil zu. »Ich bin furchtbar belehrend und will nur mit meinem Wissen angeben. Entschuldige.«

Dann will er mir unbedingt noch etwas zeigen und zieht mich zurück zur Bergstation. Dort begrüßt er einen Bahnangestellten, der sofort für uns ein Absperrband hochhebt. Wir gehen über einen schmalen, freigeschaufelten Weg um das Häuschen herum und gelangen zu einem kleinen, windgeschützten Vorplatz mit atemberaubender Aussicht. Emil stellt sich hinter mich und umfasst mich mit seinen Armen. So stehen wir eine Weile da, ganz verzückt, die Sonne scheint uns ins Gesicht.

»›Der Klingenstock ist unser Familienberg. Er gehört uns. Das wissen die anderen nicht, aber das ist egal.‹ Das sagte mein Vater immer. Er hat mich wohl schon als Baby hier hinaufgetragen. Damals gab es noch keinen Sessellift. Mein Vater hatte den Ehrgeiz, uns bereits als kleinen Buben jeden Gipfelnamen beizubringen. Jede Pflanze, die hier wächst, zeigte er uns. Er war ein witziger, unterhaltsamer Lehrer, sodass wir ihm gern zugehört haben.«
Emil erzählt leise, mit leichter Wehmut in der Stimme. Seine Familie scheint ihm zu fehlen.
»Meine Mutter war nie dabei. Heute ist mir klar, dass sie extrem viel gearbeitet hat. Sie hat das Gasthaus geführt, wenn wir weg waren. Auch sonst hat sie rund um die Uhr gearbeitet, im Garten, im Stall. Ja, wir hatten damals noch ein paar Kühe. Und wenn sie wirklich einmal freie Zeit hatte, wäre es ihr wohl nie in Sinn gekommen, auf einen Berg zu kraxeln.«
Es sei auf jeden Fall ein gewisser Luxus, wenn man in seiner Freizeit noch Energie habe, Sport zu treiben.
»In den letzten Jahren war ich wieder und wieder mit Lukas in den Bergen. Er fehlt mir jeden Tag.«
Und als wären ihm seine offenen Worte peinlich, lacht er plötzlich laut auf und meint: »Jetzt muss ich dich leider in einer Gletscherspalte entsorgen, du weißt zu viel von mir.«
Ich drehe mich um zu ihm, gerührt von seiner Offenheit, und küsse ihn. Wir umarmen uns, halten uns fest.
»Sonja?«
»Ja, Emil.«
»Ich muss dir etwas sagen.«
»Ja?«
»Ich glaube, ich fange an, mich ernsthaft in dich zu verlieben. Das macht mir Angst.«
Ich lasse ihn los und schaue ihm in die Augen. Ich will unbedingt

ehrlich ihm gegenüber sein: »Das macht mir auch Angst. Und ich weiß überhaupt nicht, ob ich nicht am Ende doch wieder zu Paul zurückkehren werde. Meine Gefühle sind ein einziges Chaos. Ich weiß nicht, was ich für dich empfinde. Wir wollten doch eigentlich nur ein wenig mit dem Feuer spielen, oder?«

»Ja, so war es geplant. Aber…«

Emil spricht nicht weiter, und ich erschrecke ein wenig. Die Dinge scheinen sich gerade zu verkomplizieren. Ich dachte, Emil stehe über allem, suche nur ein kleines Abenteuer, und das war mir eigentlich recht so. Aber was, wenn er plötzlich von Liebe redet und mehr will, als ich geben kann? Oder warte ich womöglich nur darauf und bin im Grunde bereit dafür?

»Komm, Emil, wir fahren wieder runter. Meine Kinder sind heute gekommen und wohnen eine Weile im Hotel. Sie kommen bald vom Snowboarden zurück. Dazu die Holländergruppe…«

»Du hast Kinder?«, fragt er entgeistert.

»Warum nicht? Zwei Töchter, Zwillinge, sehr gelungene Mädchen.«

»Oh.«

Emil wirkt etwas ernüchtert.

Ja, wir sind nicht mehr zwanzig, nicht mehr völlig frei in unseren Entscheidungen, tragen Verantwortung.

Wir fahren schweigend talwärts. Ich lehne meinen Kopf an seine Schulter und versuche, an gar nichts zu denken.

Im Hotel ist es noch ruhig. Emil setzt sich an den Stammtisch und trinkt ein Glas Wein. Ich gehe mich umziehen.

»Und, war es schön?«, fragt Bernadette mit einem Augenzwinkern, als ich wieder in die Gaststube zurückkomme.

Sie hat es in letzter Zeit darauf abgesehen hat, mich in Verlegenheit zu bringen.

»Ja, da musst du unbedingt auch mal hoch. Sehr wohltuend für die Seele«, sage ich nur und setze mich zu Emil.
Aber sie meint, auf einen Sessellift würde sie niemals steigen.
»Als Nächstes machen wir eine Schneeschuhtour. Was meinst du?«, schlägt Emil vor. »Eine Vollmond-Schneeschuhtour. Sportlich und romantisch.«
»Das klingt gut«, höre ich meine Mädchen sagen, die gerade hereingekommen sind. »Dürfen wir mitkommen?«
Emil schaut verwundert in die Gesichter meiner Töchter.
»Klar«, sagt er schließlich, mittelmäßig begeistert. Ich drücke und herze die beiden und stelle ihnen dann Emil vor. Sie mustern ihn genau, und ich sehe fast bildlich die Fragezeichen in ihren Gesichtern.
»Emil ist mein Schwager«, kommt mir Karin erklärend zu Hilfe. »Er macht sich hier nützlich, wo er kann, und er hat Sonja ein wenig den Stoos gezeigt.«
»Ach so«, meint Lilly beruhigt.
»Schön«, kommentiert Amelie, immer noch skeptisch. Beide wollen nun wissen, ob es bei der Vollmond-Schneeschuhtour bleibe. Es wäre für uns alle eine Premiere. Emil verabredet sich mit uns für Sonntagabend und verabschiedet sich dann für heute. Kein Wort fällt, als er mir die Hand reicht. Sein Blick bohrt sich in meinen. Ich lächle, er lächelt zurück. Ja, da ist irgendetwas, etwas unerwartet Tiefes, etwas erstaunlich Verbindendes, mehr als nur Vertrautheit, mehr als nur ein Flirt. Und das beunruhigt mich zutiefst.

Die Holländer beschäftigen uns den ganzen Abend. Sie sind laut und wild und müssen immer im Auge behalten werden. Gut, dass sie sich schon beim Skifahren ordentlich ausgetobt haben. So können wir hoffen, dass sie bald müde werden. Immerhin trinken sie,

als gäbe es kein Morgen. Der Umsatz steigt und steigt, aber zu welchem Preis?
»Hoffentlich kotzt keiner ins Zimmer«, meint Karin um acht.
»Hoffentlich bleiben sie friedlich und randalieren nicht«, wünscht sich Bernadette um neun.
Um zehn ruft Emil an. Er meldet nur kurz: »Fast hätte ich es vergessen, Sonja: Für den unwahrscheinlichen Fall, dass ihr es nicht wisst, Karin wird um Mitternacht 43 Jahre alt.«
Oh, wieso hat Tim nichts gesagt, oder weiß er es vielleicht gar nicht? Er spielte noch bis vor kurzem mit meinen Mädchen Karten und liegt jetzt im Bett. Auch die Zwillinge sind schlafen gegangen, falls sie das bei diesem Lärm hier überhaupt können. Ich verständige mich kurz mit Bernadette, die sofort beschließt, nicht vor Mitternacht schlafen zu gehen, und eine Flasche Bündner Röteli in den Kühlschrank stellt. Ich stelle gleich eine zweite dazu, denn wenn die Holländer noch auf sind, werden sie sicher gern ein Gläschen mittrinken.

Kurz vor Mitternacht sind außer den Holländern keine Gäste mehr da. Diese jedoch sitzen noch immer vollzählig an einem langen Tisch. Die einen spielen Karten, andere tippen auf ihren Smartphones herum. Drei diskutieren lautstark und emotional. Ein anderer liest daneben seelenruhig in einem Buch.
Karin, Bernadette und ich bedienen sie abwechselnd, sitzen ansonsten einfach zusammen, inzwischen alle ziemlich müde.
»Geht doch schlafen!«, fordert Karin uns mehrmals auf. Wir aber betonen, dass wir sie nicht mit dieser ganzen Truppe allein lassen wollen.
Karin wirkt traurig und nachdenklich. Sie sieht immer kleiner aus, wie sie da am Tisch sitzt, als würde sie langsam in sich zusammensinken.

Immer diese Festtage! Ich kann sie verstehen. Warum sollte sie auf ihren Geburtstag Lust haben? Trotzdem wird sie dem heute nicht entkommen.

Knapp vor Mitternacht gehe ich ans Klavier und stimme »Happy Birthday« an. Die Holländer grölen sofort mit. Es ist also ein ansehnliches Geburtstagsständchen, das Karin mitten in der Nacht zu hören bekommt. Jetzt schenkt Bernadette den Röteli aus, und alle stehen auf und gratulieren dem Geburtstagskind. Anschließend haben die jungen Leute tatsächlich den Anstand – vielleicht ist es auch Zufall, und sie können einfach nicht mehr –, schlafen zu gehen. Innerhalb einer halben Stunde ist es vollkommen still im Haus.

Wir drei sitzen in der Gaststube, lassen das Kaminfeuer noch einmal aufflackern und trinken. Karin weint leise vor sich hin. Ihr erster Geburtstag ohne Lukas.

»Lukas hat aus meinem Geburtstag immer eine Party gemacht. Die Karin-Party stand sogar im Veranstaltungskalender der Gemeinde. Auch die anderen Wirtsleute vom Stoos kamen alle vorbei. Xaver brachte seinen Kontrabass mit. Wir haben musiziert und gesungen«, erinnert sie sich. »Zu wissen, dass das alles nie mehr so sein wird, ist kaum auszuhalten.«

Ja. Das ist wahr. Hier Trost zu spenden, ist eine unlösbare Aufgabe. Wir sind einfach da, trinken mit ihr, hören ihr zu. Wir weinen sogar ein paar Tränen gemeinsam. Und wir heben unsere kleinen Gläser mit dem Röteli auf unsere Freundschaft, die nie vergehen soll.

»Country Roads« spiele ich schließlich auf dem Klavier, zu später Stunde, als wir alle schon ein wenig angetrunken sind. Karin singt, ich begleite sie und singe beim Refrain die zweite Stimme. Wir sind richtig gut. Jedenfalls hört sich das in unserem Zustand so an. Dieses Lied hätten Lukas und sie immer gemeinsam gespielt und gesungen, erzählt Karin. Also wiederholen wir es noch dreimal, bis auch Bernadette mitsingt, und beschließen dann, gegen zwei, Feierabend zu machen. Unter Gelächter klettern wir die steile Treppe hoch. Jeder hilft der anderen und bräuchte eigentlich selber Hilfe. Chico rennt schwanzwedelnd hinter uns her und kläfft. Am Ende sind wahrscheinlich alle Gäste aufgewacht. Wir drei schlafen sofort ein, sobald wir in unseren Betten liegen.

23

Der Geburtstag von Karin lässt mich erahnen, wie es früher hier gewesen sein muss, als Lukas noch lebte. An diesem Samstag kommen unaufgefordert zahlreiche Gäste vorbei. Jeder Stoos-Einwohner, der etwas auf sich hält, kommt, um Karin zu gratulieren, alle bringen Blumen und Geschenke. Wieder lerne ich viele nette Leute kennen, schüttle unzählige Hände. Tatsächlich finden sich am Abend sogar Musikanten ein, und die Gaststube ist voll. Wir arbeiten beschwingt, und Karin strahlt. Sie spielt das glückliche Geburtstagskind perfekt. Aber natürlich freut sie sich auch ehrlich über die Glückwünsche und die Herzlichkeit, die sie heute spüren darf.

»Weißt du, nach Lukas' Tod haben sich so viele Bekannte zurückgezogen. Ich dachte, ich hätte sie verloren. Als hätten sie nur Interesse an mir gehabt, solange ich Lukas' Frau war. Das machte mich traurig.«

»Ach, Karin«, berichtet Bernadette von ihren eigenen Erfahrungen, »das erleben viele nach einem Schicksalsschlag. Die Men-

schen wissen nicht, wie sie reagieren, was sie sagen sollen, und bleiben daher fern. Das ist nicht böse gemeint, auch wenn es völlig falsch ist.«
Heute sind sie jedenfalls da. Alle. Und sie feiern Karin. Irgendwann spiele ich Klavier, und Karin singt. Als dann immer wieder nach Lukas' Stoos-Lied gefragt wird und ich keine Ahnung habe, wovon die Rede ist, legt Tim mir plötzlich Noten vor.
»Das Lied heißt ›Auf dem Stoos‹. Papa hat es geschrieben. Wenn du es spielst, singen wir alle mit. Versprochen.«
Oh, die Melodie scheint ja nicht allzu schwierig zu sein, die Harmonien auch nicht. Es muss eine Art Blues sein. Tim singt mir ein paar Zeilen vor und sieht mich erwartungsvoll an. Und dann versuchen wir es einfach. Tatsächlich: Alle singen mit, alle kennen den Song. Es wird so laut gesungen, dass meine klägliche Klavierbegleitung gar nicht wirklich auffällt.

Auf dem Stoos, auf dem Stoos,
Wird mein Herz vor Freude groß.
Tausend Berge, tausend Seen,
Weit in die Ferne kann ich sehn.
Auf dem Stoos, auf dem Stoos,
Ich bin in einer andern Welt,
Fühl mich nah dem Himmelszelt,
Auf dem Stoos, auf dem Stoos.

Es kommt mir vor, als hätte Lukas einen Text über meine Gefühle geschrieben, die ich gestern auf dem Klingenstock hatte. Nach zwei Strophen kommt eine Stelle, die mich etwas verwirrt. Rap, steht über dem Mittelteil. Rap? Tim und Karin bekommen einen großen Auftritt und rappen die Textstelle. Das Publikum klatscht mit.

Der Himmel ist so blau und offen,
Die Sonne lässt auf Wärme hoffen.
Die Wiesen blühen farbenfroh,
Mein Herz, das brennt schon lichterloh.
Der Berg, er ruft – ich muss jetzt los,
Ich fahr jetzt auf den Stoos.
Mit Wanderschuhen, roten Socken
Werd ich nun die Wege rocken.

Und beim Refrain sind wieder alle mit dabei:

Auf dem Stoos, auf dem Stoos,
Wird mein Herz vor Freude groß.

Ich werde mir dieses Lied genauer anschauen müssen, damit ich es wirklich gut begleiten kann. Aber heute nicht mehr. Heute wird gefeiert. Auch die Holländer wollen jetzt singen. Sie geben sich sogar mit »Tulpen aus Amsterdam« zufrieden, weil keiner ein anderes holländisches Lied kennt. Dann übernehmen die Ländlermusiker wieder.

Meine Töchter ziehen sich mit Tim zum Fernsehen zurück. Sie fühlen sich sehr wohl hier im Hotel Maggiweid. Das wundert mich nicht. Mir geht es ja genauso. Chico, der sich heute meist unter der Eckbank verkrochen hatte, folgt ihnen. So viel Trubel mag der kleine Hund dann doch nicht.

Um Mitternacht schmeißt Karin charmant, aber bestimmt die Gäste aus der Gaststube. Sie kann und will nicht mehr. Bernadette hat schon ihre Schuhe ausgezogen und ihre Beine auf der Eckbank hochgelagert. Karin macht die Schlussabrechnung und jauchzt. »Umsatzrekord für dieses Jahr!«, verkündet sie strahlend.

Heute wollen wir nicht einmal mehr einen Röteli darauf trinken. Wir haben viel gearbeitet und sind redlich müde.
»Alle waren hier. Gigi und Beat vom Skihaus Ibach, Xaver und Josef vom ›Alpstubli‹, Ivan von den Stoosbahnen, Davor vom ›Klingenstock‹, Kurt vom ›Welesch‹ ...«, zählt Karin auf.
Sie kannte eigentlich jeden Gast persönlich.
»Nur Emil war nicht hier«, fällt mir plötzlich auf. Ich finde das irgendwie respektlos und bin ein wenig enttäuscht.
»Ein schlechter Schwager!«, sagt Karin, lacht aber dazu. »Emil ist einfach schwierig einzuschätzen. Immer wenn ich glaube, ihn zu kennen, ist er mir wieder völlig fremd. Er kann warmherzig sein, dann wieder völlig kühl. Ich mag ihn, und er ist mir trotzdem manchmal unheimlich.«
Ihre Emil-Analyse gibt mir zu denken. Aber Karin lacht schon wieder. Sie sieht glücklich aus. Die Stöösler haben ihr heute gezeigt, dass sie zu ihrer Gemeinschaft gehört. Das hat ihr viel bedeutet.
So spät wie gestern soll es nicht werden, und so sagen wir uns Gute Nacht und gehen auf unsere Zimmer. Noch im Bett klingt es in mir nach:

Auf dem Stoos, auf dem Stoos,
Wird mein Herz vor Freude groß.

24

Auf dem Stoos, auf dem Stoos,
Wird mein Herz vor Freude groß.
Tausend Berge, tausend Seen,
Weit in die Ferne kann ich sehn,
Auf dem Stoos, auf dem Stoos.
Ich bin in einer andern Welt,
Fühl mich nah dem Himmelszelt,
Auf dem Stoos, auf dem Stoos.

Gleich nach dem Aufwachen verfolgt mich Lukas' Lied wieder, und ich schleiche mich zum Klavier, um leise zu üben. Ich versuche, mir vorzustellen, wie Lukas das Lied wohl gespielt hat und wie er sich seine Komposition dachte. Tim kommt dazu und hilft mir, indem er mir Zeile für Zeile vorsingt und dazu klatscht.
So kommt es, dass die Holländer beim Frühstücken ihre ersten deutschen Liedzeilen lernen. Sie sind wissbegierig, und der Wille ist vorhanden – aber schließlich beschränken sie ihren Einsatz auf die Zeile »Auf dem Stoos, auf dem Stoos«, welche sie dafür mit äußerster Inbrunst und Power singen. Es ist ihr Abschiedsständchen, denn sie reisen heute ab.

Es ist Sonntag und ich bin noch keine Woche hier oben, mir kommt es allerdings so vor, als wäre ich schon ewig hier. Meinen Mädchen gefällt es auf dem Stoos. Warum auch nicht: Für sie ist

es ein netter, unbeschwerter Ferienaufenthalt, außerdem rechnen sie fest damit, dass wir bald wieder alle heimkehren und dann wieder alles so sein wird, wie es immer war. Dabei habe ich noch nicht einmal Kontakt zu Paul aufgenommen. Manchmal vermisse ich ihn, nur kurz, aber schmerzlich. Habe ich zu wenig Charakterstärke, weil ich ihm nicht einfach verzeihen kann?
Natürlich weiß ich, dass jeder Fehler machen kann, dass jeder eine zweite Chance verdient hat. Theoretisch. Aber mir graut es auch vor einer geflickten, aufgewärmten Beziehung, die man nur aufrechterhält, weil man nicht die Kraft und den Mut hat, einen Schnitt zu machen, oder weil man Kinder und Familie über alles stellt. Ich kenne zu viele solcher Bespiele. Und bei jedem kleinen Streit brechen die alten Wunden wieder auf, wirft man sich alles zum hundertsten Mal vor. Ich will bei einem Mann sein, weil ich ihn liebe. Man mag mich eine Idealistin schimpfen, aber bloß weil ich bald vierzig werde, muss ich doch wohl keine Vernunftehe führen. Was ist überhaupt vernünftig? Und was für ein Vorbild wäre ich für meine Töchter, wenn ich als frustrierte, unglückliche Ehefrau enden würde? Wenn ich zu Paul zurückkehre, dann soll das eine Herzensentscheidung sein.
Heute Abend bin ich wieder mit Emil verabredet. Dieser Gedanke hilft mir freilich nicht, mein Gefühlschaos zu ordnen, denn der schöne Bergler bringt noch immer meinen Puls zum Rasen.

Abends um sechs holt er uns ab. Die Mädchen freuen sich genauso wie ich auf die Schneeschuhtour. Wir haben das noch nie gemacht. Beim Sportgeschäft gegenüber bekommen wir Schneeschuhe und Stöcke.
Emil gefällt sich in der Rolle des Tourenleiters. Er zeigt uns ein paar Grundlagen, stellt uns die Riemen genau ein, kontrolliert unsere ersten Schritte. Die Nacht ist eiskalt, aber uns wird schnell

warm. Auch meine Töchter schnaufen bald angestrengt, denn es geht bergauf. Wir bewegen uns auf Riesenfüßen mit Spikes.
»Snowboarden ist gemütlicher«, jammert Amelie bald.
Lilly nimmt es als sportliche Herausforderung.
Emil schwärmt: »Mag sein, dass es anstrengend ist, aber schaut euch um, hört euch um. Wir können hier wirklich die Natur erleben, die Stille, die Sterne, den Mond. Wir werden nicht beschallt, und es sind nicht hundert andere Sportler um uns herum. Da sind nur wir vier. Ist das nicht schön? Ist das nicht eine besondere Nacht, so hell und … wie verzaubert.«
Ich selber kann gerade meine Begeisterung nicht zum Ausdruck bringen, weil ich dermaßen mit Atmen und Schwitzen und Steigen beschäftigt bin. Das Schneeschuhlaufen könnte etwas für mich sein. Skifahren macht mir schon lange keinen Spaß mehr. Es sind viel zu viele Leute auf den Pisten, und außerdem wird immer rücksichtsloser gefahren. Ich habe vor fünf Jahren aufgehört. Paul und ich haben beide gemeinsam unsere Skiausrüstung weggegeben. Aber unterdessen habe ich gemerkt, dass sich so auch meine Freude am Winter nicht gerade verstärkt hat. Und jetzt Schneeschuhlaufen, ja, das könnte mich faszinieren. Paul sicher auch.
Paul.
Ich staune selber, wie er automatisch Teil meiner Überlegungen ist.

Schneeschuhwandern ist anstrengend, keine Frage, vor allem auf dieser Tour, bei der es einfach nur bergauf zu gehen scheint. Und doch spüre ich, wie mir die körperliche Betätigung an der frischen Luft guttut. Es ist, als könnte man dadurch das unaufhörliche Arbeiten der Gedanken abschalten. Und ja: Man ist damit ganz nahe an der Natur, flitzt nicht nur daran vorbei. Wir brauchen für den Aufstieg fast 45 Minuten.

Oben, beim Pistenrestaurant Welesch, winkt uns Kurt, der Wirt, schon von weitem zu. Er scheint sich auf uns zu freuen. Gern flüchten wir in seine warme Gaststube und schlüpfen aus unseren Jacken und Schals. Innerhalb weniger Minuten zaubert der Mann uns ein Käsefondue auf den Tisch. Wir sind die einzigen Gäste, und er hat das Lokal für uns in Kerzenlicht getaucht. Eine Flasche Rotwein und eine Teekanne stehen auch bereit. Emil und Kurt haben an alles gedacht.

»Danke, Emil, das war cool, echt«, schwärmt Lilly.

Amelie ist jetzt, da wir oben sind und es nur noch bergab gehen wird, auch zufrieden.

»Schön, dass wir mitkommen durften. Total besonders mit diesen Schneeschuhen!«, sagt sie, höflich und wohlerzogen, wie meine Töchter eben sind.

»Schon gut. Ich wäre zwar lieber allein mit Sonja losgezogen, weil ich mich ein wenig in eure Mutter verliebt habe. Aber jetzt mit drei Frauen am Tisch, das gefällt mir natürlich auch.«

Ich verschlucke mich fast an meinem Wein. Wie kommt er dazu, so etwas vor meinen Kindern zu sagen? Ich ärgere mich über seine Gedankenlosigkeit. Allerdings lacht er einfach frech dazu, lässt seine Augen funkeln, und deshalb wissen die Mädchen gar nicht recht, wie ernst er seine Worte gemeint hat. Das weiß er vielleicht selber nicht.

»Wir behalten dich im Auge!«, warnt Amelie ihn.

Sie lacht, aber ihre Augen wirken ernst. Lilly nickt.

Ja, davon gehe ich aus: Die Mädchen werden ihn beobachten. Und mich auch.

»Hast du auch Kinder?«, wollen meine Teenager nun wissen.

Emil wirkt plötzlich ganz verlegen. Ich schicke einen tadelnden Mutterblick in die Runde. Andererseits: Es ist doch eigentlich eine harmlose Frage.

»Nein, ich kann keine Kinder zeugen. Darum bin ich wohl auch noch allein.«
Jetzt sind wir alle irgendwie verlegen. Was für ein Geständnis! Dieser Mann beeindruckt mich mit seiner Ehrlichkeit.
Und dann rettet er die eigenartige Situation, indem er lachend sagt: »Heute habe ich ja eine Familie. Das genieße ich. Prost! Auf die Familie!«
Wir erheben unsere Gläser.
Der Abend wird wirklich gemütlich. Nach dem Essen spielen wir noch eine Runde Karten, bevor wir uns die Schneeschuhe wieder anschnallen und ins Dorf hinuntersteigen. Die Metallzacken der Schuhe graben sich in den harten Schnee, und ich fühle mich sicher damit. Der Himmel hat alle Sterne herausgehängt, und der Mond leuchtet uns heimwärts.

Unten angekommen, können wir die Schneeschuhe hinter dem Sportgeschäft in einem Container deponieren, bevor wir als fröhliche Gruppe ins Hotel zurückmarschieren. Vor dem Haus verabschiedet sich Emil von uns, und er bekommt nur die besten Noten für seine Tour und seine Führung.
»Das können wir wieder einmal machen«, erklärt Lilly sogar.
»Das war cool«, bestätigt auch Amelie.
Dann verabschieden sich meine Töchter. Als sie im Haus verschwunden sind, umarmt mich Emil und drückt mich fest an sich.
»Darauf habe ich den ganzen Abend gewartet«, flüstert er.
»Danke für den schönen Abend«, flüstere ich zurück.
Wir küssen uns, und seine Zärtlichkeit und Leidenschaft bringen meine Seele und meinen Körper in Aufruhr. Er hält mich fest.
»Hat Karin sich nun bereits für einen Verkauf entschieden?«, fragt er plötzlich.
Ich bin schlagartig ernüchtert. Wie kann er aus diesem romanti-

schen Moment heraus mit einer derart geschäftlichen Frage kommen? Wo ist dieser Mann mit seinem Kopf, wenn ich gerade vor lauter Leidenschaft keinen einzigen klaren Gedanken mehr fassen kann?
Auf ein Gespräch über das Hotel will und kann ich mich jetzt nicht einlassen. Ich reiße mich los und folge meinen Töchtern ins Haus.

Die Gaststube ist schon leer. Karin sitzt am Stammtisch, eine Zeitung vor sich aufgeschlagen. Chico schläft zu ihren Füßen. Die Mädchen stehen bei ihr und erzählen begeistert von unserem Abenteuer.
»Wusstest du, dass Emil sich in Mama verliebt hat?«, fragt Amelie plötzlich.
Karin stutzt: »Na, das war doch wohl nicht so ernst gemeint, oder? Emil sagt solche Dinge viel zu oft. Er ist ein Schürzenjäger. Macht euch nichts draus.«
Sie haben noch gar nicht bemerkt, dass ich auch da bin. Ich stehe im bereits abgedunkelten Teil der Gaststube und bleibe dort wie erstarrt.
»Es wäre schon schön, wenn Mama bald wieder heimkäme und sich mit Papa versöhnen könnte«, sagt Amelie.
»Papa ist selber schuld«, verteidigt mich Lilly. »Ich werde ihm sagen, dass er sich gefälligst ein wenig bemühen sollte, sonst verliert er Mama an Emil.«
»Wenn schon ein Neuer, dann meinetwegen Emil. Er ist ganz in Ordnung«, meint Amelie und fügt schwer seufzend hinzu: »Und er sieht echt gut aus.«
»Er hat sich bei uns eingeschleimt«, vermutet Lilly. »Wir müssen ein bisschen aufpassen, glaube ich. Er ist irgendwie… eigenartig.«
Ja, eigenartig. Stimmt.
Charmant und süß – und eigenartig.

Lilly sagt leise: »Er hat zu mir gesagt, wir sollen ihm bitte auch mal einen Ausflug allein mit Mama gönnen. Und vor Mama tut er so auf Familie. Wie gesagt: Er ist komisch.«
Oh. Das finde ich aber nicht schön. Was hat sich Emil dabei gedacht? Ich bin ein wenig enttäuscht.
Das rote Lämpchen leuchtet immer häufiger auf.

Die Mädchen gehen schlafen, und ich helfe Karin, das Restaurant zu schließen, die Lichter zu löschen, räume die Zeitungen weg und putze den Stammtisch.
Ich mache mir Gedanken. Es sollte nicht so sein, dass die Kinder sich Sorgen machen müssen. Das tut mir weh.
»Heute hat übrigens fast nonstop eine Corinne angerufen. Sie ist deine Schwester? Ich glaube, sie ist noch irgendwo am anderen Ende der Welt. Du sollst gefälligst dein Handy einschalten, sagt sie, und dass sie es nach Mitternacht wieder probieren werde. Und wenn sie dich nicht erreiche, werde sie sofort einen Rückflug buchen. Sie musste sich wohl von deinem Paul diese Nummer hier besorgen, und er hat ihr gesagt, du seist ausgezogen.«
Ich muss lachen.
»Ja, das ist meine Schwester. Sie ist ein wenig impulsiv, aber ein Goldstück. Doch sie hat recht. Ich gehe jetzt hoch und schalte mal wieder das Handy ein. Und den Computer. Ich habe noch nicht einmal meine E-Mails abgerufen.«

Im Zimmer schicke ich Corinne sofort eine SMS. Dann schreibe ich ihr eine lange E-Mail, in der ich zu erklären versuche, warum ich nicht mehr zu Hause bin, bevor wir ein viel zu teures Telefonat führen müssen. Es gelingt mir anscheinend, sie zu beruhigen, denn sie ruft nicht mehr an.
Ich checke meine E-Mails: Über hundert habe ich bekommen.

Ein Drittel davon bieten Penisverlängerung, Schnellkredit, südfranzösische Weine, Diätwunder, Socken-Abo ... an.
Fast die Hälfte der Mails sind von Paul. Ich bin gerührt. Sie zu lesen, dauert fast eine Stunde. Aber ich merke, dass sie mir guttun. Paul hat die richtigen Worte gefunden oder zumindest intensiv danach gesucht. Er bemüht sich, er ist herzlich, einsichtig, selbstkritisch. Er denkt nach, reflektiert. Er schreibt witzig, unterhaltsam, versucht einfach, mir wieder nahezukommen. Seine Worte erinnern mich an den Mann, den ich einmal sehr geliebt habe.
Paul, mein ausgelatschter Schuh.
Ich antworte ihm ohne Groll – und ehrlich.
Ich bin auf dem Wege, ihm zu verzeihen. Aber ich weiß trotzdem nicht, ob wir eine Zukunft haben.
Vielleicht heißt meine Zukunft auch Emil?
Noch beim Einschlafen denke ich über Schuhe nach.

25

Montagmorgen. Wir sitzen alle beim Frühstück. Hotelgäste haben wir keine mehr. Da klingelt die Glocke an der Rezeption. Karin steht auf und kommt nach einer Weile wieder.
Sie grinst und flüstert mir zu: »Jetzt hat gerade dein ausgelatschter Schuh bei uns eingecheckt. Zimmer 34. Dir gegenüber.«
Paul?
Der traut sich was!
Gerade als ich beschließe, dass ich ihm lieber unter vier Augen zum

ersten Mal wieder begegnen möchte, und aufstehe, um zu ihm hinaufzugehen, betritt er die Gaststube.
»Papa!«, rufen die Mädchen erfreut. »Cool!«
Chico rennt zu ihm hin, bellt und wedelt.
Alle schauen auf mich.
»Hallo, Paul«, begrüße ich meinen Ehemann.
Ich rücke ihm den Stuhl neben mir zurecht. »Komm, es gibt Frühstück. Du musst ja schon eine Weile unterwegs sein.«
Er nimmt erleichtert Platz. Vielleicht hatte er doch ein wenig Angst vor meiner Reaktion. Aber ganz ehrlich: Es gefällt mir, dass er hier auftaucht. Das ist mutig und stark. Genau so kenne ich Paul – na ja, außer es geht um Irene. Wie es ihr wohl geht?
Ich merke, ich habe mich beruhigt. Jetzt können wir reden. Ich bin bereit.
Ich stehe auf und mache Kaffee für Paul und die anderen, damit ich meine Nervosität ein wenig verbergen kann.
»Wie lange bleibst du?«, wollen die Mädchen wissen.
»Ich bleibe, bis wir am Sonntag wieder heimfahren. Wenn ich darf?«, fragt er in meine Richtung.
Ich gebe mich gedankenabwesend und lächle nur.
Ich beobachte meinen Mann, wie er sofort Freundschaft schließt mit Karin und Bernadette, wie er sich um Tim kümmert, mit unseren Töchtern lacht. Uns verbinden Jahrzehnte. Aber es ist erst haargenau eine Woche her, dass ich von seiner Affäre erfahren musste, und das auf diese extrem unschöne Art. Wenn ich auch eigentlich in seine Arme sinken möchte, steht der Schmerz des Erlebten wie eine Wand zwischen uns.

Wird das immer so bleiben?
Lässt das nach?
Soll ich einfach darauf warten?

»Kommst du heute mit uns auf den Berg?«, fragen Amelie und Lilly.
»Oh nein! Geht nur!«, antwortet Paul lächelnd.
»Dann ziehen wir wieder mit Tim los«, erklärt Lilly, und Tim strahlt.
Karin mischt sich ein und wendet sich an Paul und mich: »Ich schlage vor, ihr zieht euch warm an und macht einen schönen ausgedehnten Spaziergang. Eigentlich möchte ich euch erst wieder hier sehen, wenn ihr garantiert alle Wanderwege abgelaufen seid. Es redet sich am besten, wenn man in Bewegung ist.«
Paul schaut mich vorsichtig fragend an. Ich nicke. Die Idee könnte von mir sein.

Wir stapfen also gemeinsam durch den Schnee Richtung Bergstation der Standsteilbahn. Dort gehen wir hinauf zum Stooshorn, wo wir bei der Aussichtskanzel eine Weile stehen bleiben und auf die Mythen und den Talkessel hinunterschauen. Ein richtig schöner Platz.
»Lilly hat mir gestern um Mitternacht eine SMS geschickt und mir von Emil erzählt. Ist das etwas Ernstes? Du hattest in deiner E-Mail ja auch etwas angedeutet«, fragt Paul.
Oha. Bisher hatten wir nur Small Talk gemacht und uns über das Leben auf dem Stoos, die Probleme von Karin und über Pauls Bankenalltag ausgetauscht.
Da ich nicht sofort antworte, fügt Paul an: »Ich will dich nicht bedrängen, und ich habe schon gar kein Recht, eifersüchtig zu sein. Ich möchte nur gern wissen, woran ich bin.«
Was soll ich antworten? Die Wahrheit wäre, dass ich noch gestern durchaus darüber nachgedacht habe, ob es eine gemeinsame Zukunft mit Emil geben könnte.
»Wir haben nur ein wenig geflirtet. Emil ist ein Schürzenjäger. Er

hat sich um mich bemüht. Das hat mir gutgetan. Er hat mich abgelenkt. Aber mehr ist da wahrscheinlich nicht.«
»Wahrscheinlich … aha.«
»Die wichtigere Frage ist vielmehr: Was ist mit Isabelle?«
»Nichts mehr. Ich habe es dir doch geschrieben.«
»Ich kann schon irgendwie verstehen, wie das passieren konnte. Ich habe mir auch durchaus Gedanken gemacht, warum Emil eine solche Anziehung auf mich ausübt. Es prickelt so schön, wenn etwas neu ist, nicht wahr? Und es erinnert daran, wie es mit uns einmal war und leider nicht mehr ist.«
Paul nickt: »Aber das Prickeln ist vergänglich, nicht wahr? Und wir haben dafür ein Fundament, ein starkes. Das ist mir jetzt bewusst geworden.«
Ich glaube, dass dieses Fundament einen starken Riss bekommen hat. Aber natürlich hat er recht. Irgendwie. Ich erzähle ihm von der Kolumne, die mir Karin neulich unter die Nase gehalten hat.
»Ich bin also dein ausgelatschter Schuh?«
Paul beginnt zu lachen, kann kaum aufhören. Es ist extrem ansteckend und auflockernd.
»Wir sind beide ausgelatschte Schuhe«, sage ich schließlich. »Aber wir waren schon an dem Punkt, wo der Schuh nicht nur einfach gemütlich ist, sondern derart ausgelatscht, dass man damit ins Straucheln geraten kann.«
Es tut gut, über Schuhe zu reden.
Paul meint: »Du hast recht. Ein wenig mehr Sorgfalt und Pflege bräuchten unsere ausgelatschten Schuhe schon.«

Wir wandern weiter in Richtung Nühusweidli, trinken dann im Bergrestaurant Brunnerboden einen Kaffee. Anschließend marschieren wir um das Stoos-Seeli. Der kleine Tümpel, eigentlich nur eine Art Wasserspeicher, bringt mich zum Lachen.

»Tim hat mir erzählt, die hätten hier auf dem Stoos sogar eine Schifffahrtsgesellschaft, und im Sommer finde regelmäßig ein Seenachtsfest statt«, erzähle ich. »Hier auf dem Stoos leben ja nur knapp über hundert Leute, es gibt aber vierzehn Vereine! Ich glaube, das zeigt, dass die Leute zusammenhalten und etwas gemeinsam machen wollen.«

Im »Alpstubli« kehren wir zum Mittagessen ein. Xaver, der Chef, bedient uns höchstpersönlich. Er scheint sich zu freuen, dass ich mit einem anderen Mann hier bin, der sogar mein eigener ist. Er hofiert uns, scherzt und lacht mit Paul. Wir fühlen uns rundum wohl in der heimeligen Gaststube.

Auf dem Rückweg zum Hotel fragt mich Paul, ob er ein paar Tage bleiben dürfe, diesmal direkt. »Ich dränge mich nicht auf, aber – ich möchte dich zurückerobern, obwohl ich noch nicht weiß, wie ich das schaffen soll.«

»Ich glaube, dieser Gedanke freut mich, irgendwie.«

»Irgendwie. Das ist doch schon mal ein Anfang«, lacht Paul. Wenn er mich so anlacht, erinnere ich mich an glückliche Zeiten. Vielleicht können wir uns ja doch wiederfinden?

»Sonja! Hallo!«

Vor dem Hotel sitzt Emil in der Sonne und winkt und ruft nach mir. Als wüsste er nicht, dass Paul gerade neben mir steht. Karin hat ihn bestimmt vorgewarnt. Er verhält sich ziemlich rücksichtslos.

»Ist er das?«, fragt Paul leise und schaut zu Emil rüber.

Ich nicke.

Emil sieht super aus, braun gebrannt und sportlich, mit seiner schwarzen Lederjacke. Wirklich wie die Innerschweizer Antwort auf George Clooney. Clooney in seinen besten Zeiten. Daneben sieht Paul aus wie ein Nerd, blass und ein wenig schwammig. Ich

sehe ihm an, wie er in sich zusammenfällt, und muss kaum merklich lächeln. Warum glauben Männer immer, wir würden nur auf diese Sonnyboys stehen? Gerade hat Emil mit seinem unsensiblen Benehmen sogar einige Punkte verloren.
»Ist in Ordnung. Setz dich nur zu ihm. Ich gehe auf mein Zimmer«, sagt Paul und fügt fragend an: »Wir sehen uns beim Abendessen?«
Schon ist er weg.
Mit seinem unaufdringlichen, rücksichtsvollen Wesen hat Paul hingegen einige Punkte gewonnen. Nur soll das hier nicht wirklich in einen Wettkampf ausarten. Ich möchte nicht den einen Mann gegen den anderen ausspielen. Und ganz ehrlich: Wenn ich die beiden so nebeneinander sehe … und nach unseren guten Gesprächen heute …

Ich hole mir eine Tasse Kaffee und setze mich zu Emil.
»Alles okay?«, will er wissen. »Er war hoffentlich nett zu dir und anständig?«
»Du meinst Paul? Ja, sicher.«
Ich bin ein wenig ratlos und sitze einfach da. Als Emil meine Hand nimmt, ziehe ich sie wieder zurück. Es geht einfach nicht mehr. Ab sofort würde es sich für mich wie ein Ehebruch anfühlen. Verrückt. Ich weiß.
»Das ist nicht dein Ernst, Sonja? Dein Mann kommt mal kurz vorbei, sagt, dass ihm die ganze Geschichte leidtut, und du vergisst alles: deinen Schmerz, seinen Betrug, seine Lügen und sogar das, was zwischen uns war?«
Emil ist außer sich.
»Ist dir klar, dass ich erstmals wieder wirklich heftige Gefühle für eine Frau entwickelt habe? Für mich wurde das von Tag zu Tag ernster. Für dich war es doch genauso.«

Er bohrt seine Augen in meine, aber sie leuchten nicht mehr, sie brennen Löcher in mein Inneres.
»Bist du wirklich so eiskalt? Hast du mich nur einfach benutzt und lässt mich jetzt fallen?«
Er spuckt in den Schnee.
»Wie konnte ich mich derart täuschen! Ich habe mich dir geöffnet und dir vertraut. Und du?«
Er wird immer böser und beschimpft mich.
»Wegwerfen willst du mich!«
Emil gibt mir keine Chance, auch nur ein Wort zu sagen. Für mich war vor wenigen Minuten noch überhaupt nichts entschieden, rein gar nichts klar und eindeutig. Aber in diesem Moment, da Emil sich derart ereifert und ich in seinem Gesicht Züge entdecke, die mir regelrecht Angst machen, jetzt denke ich, dass es wirklich Zeit ist, unsere gemeinsamen Stunden zu beenden. Und er macht es mir leicht. Ich komme sowieso nicht zu Wort. Er redet sich in einem fort noch heftiger in Rage.
»Habe ich denn nur meine Zeit vertan mit dir?«
Und irgendwann steht er auf, wirft fast den Tisch um und läuft einfach davon.
Die rote Warnlampe ist soeben explodiert.

Ich sitze da und weine.
Es war schön mit Emil.
Habe ich ihn wirklich ausgenutzt? Nein. Er wusste genau, in welcher Verfassung ich war. Er hat mir doch sogar angeboten, für meine Ablenkung zu sorgen, ohne Verpflichtungen.
Nun, vielleicht hat er sich tatsächlich verliebt, ohne es zu wollen. Das täte mir leid. Es tut mir alles leid. Und dennoch hatte ich ganz besondere Stunden an seiner Seite. Die romantischen Erinnerungen werden nun aber immer überschattet sein von seinem Gesicht

gerade eben. Er war nicht traurig und verletzt. Er war böse.
Ich wollte das alles nicht.
Asche auf mein Haupt.
Asche, Asche, Asche …
Schuld an allem ist sowieso Paul, denke ich und weine weiter vor mich hin. Die dunkle Sonnenbrille ist mir ein guter Schutz. Wie konnte Paul mir das antun? Wie konnte er mich so weit bringen, dass ich nun hier sitze und eine hässliche Szene mit Emil, den ich vor kurzem kaum zur Kenntnis genommen hätte, zu beweinen habe?

Ich gehe in mein Zimmer und schlafe schnell ein, müde von der Bewegung an der kalten Bergluft, müde von meinen eigenen anstrengenden Gefühlen, müde vom Leben.

Die Mädchen wecken mich zum Abendessen, und ich gehe mit ihnen hinunter in die Gaststube. Dort werde ich von allen gemustert. Ich habe wohl verheulte Augen. Tja, Leute, es ist alles nicht einfach. Pech, wenn das die versammelte Mannschaft sieht. Ich brauche einfach Zeit.
Es treffen noch ein paar Familien aus benachbarten Ferienhäusern ein, und so machen wir nach dem Essen einen Spieleabend. Das soll Lukas früher großartig organisiert haben. Wir kriegen das aber auch ohne ihn hin. Am Ende haben alle ihren Spaß, und wir lachen viel.
Karin will endlich den Christbaum abräumen und entsorgen. Es ist schon der 7. Januar.
»Der ist längst überfällig«, meint sie.
»Davor muss aber noch einmal gesungen werden«, erklärt Tim.
Und so spiele ich etwas auf dem Klavier, und alle singen ein paar Weihnachtslieder, wohl nur Tim zuliebe, oder weil es Freude

macht, wenn die meisten mit vollem Einsatz mitmachen. Und natürlich endet der Abend mit Lukas' Lied:

Auf dem Stoos, auf dem Stoos
Wird mein Herz vor Freude groß.
Tausend Berge, tausend Seen,
Weit in die Ferne kann ich sehn.

Es ist ergreifend, wie alle sofort mitsingen und ein Lied kennen, von dem ich noch nie gehört hatte. Auch meine Töchter und Paul lernen nun den Song.

Auf dem Stoos, auf dem Stoos,
Ich bin in einer andern Welt.
Fühl mich nah dem Himmelszelt
Auf dem Stoos, auf dem Stoos.

Mein Herz ist im Moment allerdings nicht groß und voller Freude. Es ist dünnhäutig und ängstlich.

Als wir vor meiner Zimmertür stehen, gibt mir Paul einen Kuss auf die Lippen, zart und schnell, sagt »Gute Nacht, Liebes« und verschwindet in seinem Zimmer.
Paul.
Im Bett liege ich lange wach, spüre seinem Kuss nach, wiederhole im Geiste unser heutiges Gespräch.
Emil.
Ich wollte ihn nicht verletzen. Heute war er sehr, sehr wütend auf mich. Paul hat mich in all den Jahren nicht ein einziges Mal so böse angeschaut wie Emil heute. Aber Paul hat mich betrogen.
Ach. Ich seufze, drehe mich noch einmal um und schlafe ein.

26

Dienstag.
Januarloch.
Nur meine Familie belegt noch Hotelzimmer. Paul hat diese bereits bezahlt, damit klar ist, dass wir keine Schmarotzer sind. Karin wollte sich zuerst wehren, gab dann aber nach. Sie weiß, dass sie sich den Luxus der Großzügigkeit nicht leisten kann. Außerdem weiß sie, dass wir das wissen. Und sie weiß, dass Paul sich diese Ausgaben leisten kann.
Aber meine Familie tut noch mehr für Karins Umsatz.
Irene kommt.
Niemals hätte ich sie hier oben erwartet.
Niemals.
Auch Chico kann es gar nicht fassen, dass nun die ganze Sippe hier ist. Er schnüffelt und bellt und rennt wie wild um Irene herum.
Paul sitzt mit Karin im Büro und schaut sich ihre Unterlagen für den morgigen Banktermin an. Bernadette ist einkaufen gegangen. Die Kinder sind alle auf der Piste.
Und da steht Irene mit einer großen Reisetasche in der Gaststube. Ich bin ein wenig gestresst, da gerade eine Gruppe Wanderer gekommen ist und bedient werden will. Aber Irene setzt sich ruhig an den Stammtisch und wartet.
»Mach nur«, sagt sie lächelnd.
Und ihr Lächeln ist herzlich. Sie beobachtet mich beim Arbeiten, und das macht mich ein wenig nervös. Aber dann sind die Gäste so

anstrengend, dass ich meine Schwiegermutter fast vergessen kann. Sie möchten belegte Brote, und leider ist gerade keiner in der Küche. Warum können sie nicht einfach einen Nussgipfel essen?
Irene wartet geduldig.
Als ich mich schließlich zu ihr setze, sagt sie: »Ich bin meiner Familie gefolgt. Ich hätte gern ein Zimmer bis Sonntag, wenn das für dich in Ordnung ist.«
»Aber sicher, Irene«, sage ich und meine es auch so. »Ich bin wirklich überrascht, dich hier zu sehen.«
Wir machen ein wenig Small Talk, und Irene erzählt, dass ihre Freundin Pia mit ihrem Dackel Bruno gestern abgereist sei.
»Es war höchste Zeit. Ich lebe einfach schon zu lange allein. Ich mag meine kleine Wohnung lieber für mich. Besuch ist in Ordnung. Aber nicht so lange.«
Als die Wanderer das Lokal verlassen, haben wir tatsächlich eine halbe Stunde für uns. Und Irene will jetzt nicht ihr Zimmer beziehen. Sie ist gekommen, um mit mir zu reden.
»Schau, Sonja, wir hatten es nicht immer leicht miteinander. Aber ich hatte viel Zeit, nachzudenken, nachdem du einfach verschwunden warst. Ich hatte meinen Paul auf einen hohen Sockel gestellt, dachte, er sei absolut perfekt, und keine Frau der Welt wäre wohl gut genug für ihn gewesen. Das habe ich dich vielleicht manchmal spüren lassen. Es tut mir leid.«
Wie bitte?
Ich hör wohl nicht recht?
Irgendjemand muss bei Irene eine Gehirnwäsche durchgeführt haben. Oder ihr Körper wird von Außerirdischen bewohnt. Es ist geradezu unheimlich.
»Du musst wissen, dass mich mein Mann über Jahre hinweg immer wieder mit wechselnden Frauen betrogen hat. Ich habe gelitten, geweint, gebettelt. Aber ich glaubte, ich müsse verzeihen,

ich müsse den tausendsten Neuanfang möglich machen, ich dachte, dass es der letzte Ausrutscher war, jedes Mal wieder. Ich war derart blöde. Paul hat davon nie etwas mitbekommen. Ich habe es ihm aber neulich erzählt. Und ich habe ihm auch gesagt, was ich von seinem Seitensprung halte und von ihm als Mann, wenn er so etwas tut. Wir hatten einen heftigen Streit.«
Irene hat Tränen in den Augen. Mit zittrigen Händen greift sie zur Kaffeetasse und nimmt einen Schluck. Ich habe sie noch nie so erlebt. Sie hat sich mir noch nie geöffnet. Einen Moment lang bin ich überfordert mit der neuen Irene.
Ist sie glaubwürdig?
Was führt sie im Schilde?
»Wenn du denkst, dass ich gekommen bin, um an dein Gewissen zu appellieren, dich zu bitten heimzukommen, dann irrst du. Ich bin nur gekommen, um dir zu sagen, wie sehr mir alles leidtut. Und einfach, um bei euch zu sein, weil ich gemerkt habe, wie allein ich bin ohne euch.«
Puh. Was für eine Ansprache!
Ich höre und staune.
Gut, dass ich wieder beschäftigt bin, weil Gäste kommen. Ich flitze besonders eifrig durch die Gaststube. Dann mache ich Feuer im Kamin. Mir fehlen einfach die Worte. Zu viele Menschen zeigen plötzlich völlig neue Wesenszüge.
Wie soll ich das einordnen?
Kann ich mich darauf verlassen?

Paul und Karin kommen aus dem Büro. Er schüttelt hinter ihrem Rücken den Kopf, was wohl bedeutet, dass er nicht daran glaubt, dass Karin bei ihrer Bank irgendetwas erreichen wird. Karin hat rote Augen, bewahrt jedoch auch in dieser Situation Haltung und begrüßt Irene mit gewohnter Herzlichkeit.

»Wie groß ist denn deine Familie noch?«, fragt sie scherzhaft. »Nur, damit ich mich vorbereiten kann …«
Familie.
Meiner Schwester Corinne würde ich es jederzeit zutrauen, hier plötzlich auf der Matte zu stehen. Nur ist sie ja noch auf den Malediven. Und bis sie heimkommt, gibt es das Hotel vielleicht gar nicht mehr. Was für ein Gedanke!

Irene fühlt sich schnell wohl hier oben. Spätestens als Bernadette sie zu einem Spaziergang einlädt. Die beiden alten Damen verstehen sich prächtig.
Ich sitze eine Weile mit Paul an der Sonne und lasse Karin arbeiten. Es gefällt mir, dass Paul nicht einfach wieder in mein Leben hineintrampelt. Nein, er klopft vorsichtig an. Er bemüht sich um mich, bedrängt mich aber nicht. Er versucht einfach, wieder eine Vertrautheit und Nähe herzustellen, und das gelingt ihm mit seiner fürsorglichen, vorsichtigen Art.
Für einen ausgelatschten Schuh macht er sich ausnehmend gut.

Abends spielen wir wieder mit den Kindern und ein paar Gästen aus der Umgebung. Es kommen heute schon mehr als gestern. So läuft das also. Meine Töchter, die sich daheim sofort in ihr Zimmer zurückziehen und Spiele prinzipiell doof finden, machen hier oben freudig mit.
Am Ende sitze ich noch ein wenig mit Paul am Kamin, bis das Feuer erlischt. Wir reden wenig, sitzen einfach da. Später hält Paul mich eine ganze Weile in seinen Armen, bevor er in sein Zimmer geht. Es fühlt sich gut und richtig an.

27

Mittwoch.
Heute gilt es.
Karin hat ihren letzten Banktermin. Paul hatte angeboten, sie zu begleiten, aber das wollte Karin nicht. Paul war insgeheim erleichtert. »Ich kann auch nichts für sie tun. Sie braucht vielmehr jemand, der sie auffängt und tröstet, jemanden wie dich«, sagt er zu mir. Ich werde Karin also nach Schwyz hinunterbegleiten. Leider sieht sie wirklich schlecht aus heute. Sie wirkt nicht wie jemand, der einen Bankbeamten, der sich ohnehin längst ein Bild von der miesen Lage gemacht hat, umstimmen könnte.
Egal. Wir müssen da durch.

Nachmittags um zwei kommen wir ins Büro des zuständigen Sachbearbeiters. Zehn Minuten später ist alles gelaufen. Wir stehen vor der Bank mit leeren Händen. Karin muss sich an der Hauswand festhalten. Sie steht kurz vor dem Zusammenbruch. Der Banker hat ihr mit wenigen Zahlen eine düstere Zukunft für ihr Hotel vorgerechnet und ihr dann durchaus verständlich und nachvollziehbar erklärt, warum eine neue Hypothek auf keinen Fall vertretbar sei. Seine Zahlen und Berechnungen klangen schlüssig.
»Ich muss an Emil verkaufen«, sagt Karin immer wieder. »Ich muss an Emil verkaufen.«
Und dann: »Wie sage ich das Tim?«

Er habe schon seinen Vater verloren und jetzt auch noch sein Zuhause. »Wie soll ich ihm das beibringen? Er hat das nicht verdient!« Ich versuche, sie zu beruhigen, aber womit? Die Lage ist hoffnungslos und traurig. Ihre Verzweiflung ist berechtigt. Was sollte ich ihr als Trost anbieten? Natürlich werden wieder bessere Zeiten kommen. Irgendwann. Und sie wird wieder einen Job finden. Irgendwo. Sie wird sich ein neues Leben aufbauen. Irgendwie.
Wir besuchen kurz den Friedhof, wo sie am Grab von Lukas steht, ohne eine Träne zu weinen, was mir noch mehr Sorgen macht. Sie hat überhaupt aufgehört zu weinen auf dem Weg heimwärts. Sie ist wie erstarrt, reagiert wie eine Maschine, lächelt manchmal sogar. Dieses Lächeln ist so unnatürlich, so falsch, dass es mir Angst macht.

Wenn man mal kein Glück hat, kommt sicher auch noch Pech dazu. Ein alter Spruch von meiner Mutter. Sie nahm ihn nicht besonders ernst. Heute trifft er leider zu.
Karin und ich kommen bald nicht mehr dazu, an das Hotel zu denken. Und dabei hätten wir nicht erwartet, dass an diesem traurigen Tag noch Schlimmeres geschehen könnte.
In der Stoosbahn herrscht plötzlich Aufregung. Man erzählt sich, auf dem Stoos sei eine Lawine niedergegangen. Ein paar Fahrgäste zeigen ihre Smartphones herum. Da steht es auf diversen News-Portalen: »Lawinenniedergang am Fronalpstock, im Gebiet Laui. Zeugen haben beobachtet, dass Personen verschüttet worden sind.« Daher die vielen Helikopterflüge heute Nachmittag! Dreißig SAC-Retter seien hochgeflogen worden und suchten nun den Lawinenkegel ab.
Karin dreht fast durch. »Tim fährt immer neben der Piste. Immer! Aber er hört nicht auf mich. Wenn ihm etwas zugestoßen ist? Er hat kein Handy.«

Ich rufe sofort meine Mädchen an, die ja nie ohne Handy unterwegs sind. Endlich mal ein Grund, sich darüber zu freuen. Doch leider keine Entwarnung.
»Wir sind heute früher zurückgekommen. Ich bin ziemlich blöde gestürzt. Danach tat mir alles weh. Tim wollte mit einem Schulfreund weiterfahren«, erklärt Lilly.
Ich bin natürlich erleichtert, meine Töchter in Sicherheit zu wissen. Auch der Rest der Familie sei im Hotel.
Karin ruft voller Panik bei Emil an. Er erklärt ihr, sie solle locker bleiben, wahrscheinlich sei gar keiner verschüttet worden. Das habe er jedenfalls gehört.
»Emil, beweg deinen Arsch und such nach Tim. Ich flehe dich an! Er ist dein Neffe. Dein letztes bisschen Verwandtschaft. Verdammt, wie kannst du so ruhig bleiben!«
Voller Wut knallt sie ihr Handy wieder in die Handtasche zurück. Doch Emil ruft zurück und will wissen, wie der Banktermin gelaufen ist.
»Wie kannst du jetzt an das Hotel denken? Spinnst du? Hilf deinen Neffen suchen!«
Karin starrt noch lange fassungslos auf das Handy.
»Er denkt nur an das Hotel«, stammelt sie. »Aber das ist gar nicht wichtig. Ich will nur meinen Tim gesund wiederhaben. Dann fangen wir halt neu an. Er muss nur gesund heimkommen.«
Karin rennt aus der Stoosbahn heraus. Sie stürmt ins Tourismusbüro und ruft noch in der Tür: »Wisst ihr etwas? Gibt es Verschüttete? Habt ihr meinen Tim gesehen?«
Die Leute am Schalter sind überfordert mit der hysterischen Karin, die sie sonst nur als stille, starke Frau kennen.
»Vermisst ihr ihn denn? Seit wann? Dann muss ich die Retter informieren.«
Ich schüttle den Kopf.

»Wir wissen nur gerade nicht, wo er ist«, erkläre ich. »Er kann überall sein.«
Man beruhigt uns: »Wir sind keineswegs sicher, dass Leute verschüttet wurden. Man hat im Kegel keine Gegenstände von Personen gefunden. Die Zeugen könnten sich getäuscht haben. Möglicherweise.«
»Möglicherweise, das ist mir zu wenig!«, schreit Karin und stampft mit dem Fuß auf.
Ein junger Mann gibt per Funkgerät an die Retter weiter, dass hier eine Frau einen Jungen suche, der allerdings überall sein könne.
»Mit wem ist er denn unterwegs?«, will er schließlich wissen.
Karin erklärt, dass er mit einem Schulkameraden Snowboard gefahren sei, sie aber nicht wisse, mit welchem. Die junge Frau am Schalter holt eine Liste auf ihren Computer.
»Es gibt bloß dreizehn Kinder in der Schule hier.«
Sie druckt die Liste aus.
»Setz dich hin, Karin. Wir telefonieren die alle ab. Gemeinsam.«
Leider nehmen viele den Anruf gar nicht entgegen. Es sind ja Ferien. Viele arbeiten auch in Hotels, am Skilift oder sind beim Skifahren. Andere wissen selber nicht, wo sich ihre Kinder gerade aufhalten.
»Dann fahre ich jetzt auch zur Lawine hoch«, erklärt Karin energisch.
Der junge Mann am Schalter protestiert eindringlich: »Nein, da wirst du doch überhaupt nicht in die Nähe gelassen, Karin. Bitte! Sei vernünftig und geh heim. Wenn jemand dich sucht, sucht er dich dort.«

Ich habe Mühe, mit Karin Schritt zu halten, so schnell stürmt sie heimwärts. Zweimal fliegt der Helikopter über uns hinweg. Es ist unheimlich.

Meine Gedanken überschlagen sich. Nein, alles in mir weigert sich, die Möglichkeit in Betracht zu ziehen, dass Karin tatsächlich auch noch ihren Sohn verlieren könnte. Das wäre so, als würde der Blitz zweimal am gleichen Ort einschlagen. Allerdings ist das ja quasi schon passiert: Sie hat ihren Mann verloren und verliert auch noch das Hotel.

Nein, was nicht sein darf, kann nicht sein.

Niemals.

Trotzdem marschieren wir im Eiltempo Richtung Hotel. Wir halten nur ab und zu an, um Einheimische nach Tim zu fragen. Keiner hat ihn gesehen.

»Weißt du, ich dachte immer, das Hotel zu verlieren, sei – nach dem Tod von Lukas – die größte aller möglichen Katastrophen. Und jetzt erscheint es mir geradezu harmlos, im Vergleich zu anderen Dingen, die noch geschehen könnten.«

Sie rennt weiter.

»Ich habe Lukas verloren. Ich verkrafte es nicht, auch noch Tim zu verlieren«, sagt sie ein paar Meter weiter.

Sie bleibt einen Moment lang stehen, als würde ihr allein diese Vorstellung die Energie zum Weitergehen rauben.

Im Hotel herrscht große Aufregung. Die Mädchen weinen, weil sie sich schuldig fühlen.

»Aber Tim wollte einfach noch nicht mit nach Hause kommen«, beteuern sie immer wieder.

»Alles wird gut«, redet Bernadette den Zwillingen gut zu.

Irene sitzt still daneben, und ich glaube, sie betet. Karin rennt ins Büro, wo sie eine Nummer sucht, die sie unbedingt noch anrufen will.

Paul geht mit einem vollen Tablett an mir vorbei. Ich seh wohl nicht recht?

»Er hilft heute ein wenig, und er macht das gar nicht mal so schlecht«, erklärt Bernadette.
Die Terrasse ist voll, aber die Sonne wird bald untergehen. Die meisten wollen jetzt bezahlen. Bernadette kassiert. Ich helfe beim Abräumen. Karin telefoniert ohne Ende. Was, wenn Tim sie erreichen möchte? Nun, es gibt ja verschiedene Anschlüsse.

Es wird dunkel. Ljubica hat Spaghetti gekocht, aber keiner hat Appetit. Ich gehe zum hundertsten Mal kurz vors Haus, um nach einem heimkehrenden Tim Ausschau zu halten.
Und dann kommt er!
»Tim!«, schreie ich. Ich reiße die Tür zur Gaststube auf und rufe: »Tim kommt!«
Jetzt drehen alle völlig durch. Sie jubeln und schreien und fragen und kommen herausgerannt. Emil spaziert in aller Ruhe mit dem kleinen Ausreißer daher.
»Warum hat Emil denn nicht angerufen, sobald er den Kleinen gefunden hat?«, wundert sich Bernadette. »Er ist manchmal erstaunlich unsensibel.« Alle anderen schauen nur gerührt zu, wie Karin Tim in die Arme schließt.
»Es tut mir leid, Mama«, wiederholt er immer wieder. Aber sie hat ihm natürlich längst verziehen.
Dann steht Karin vor Emil und schreit ihn an: »Wieso kommst du gemütlich daherspaziert und hast nicht sofort angerufen? Wie kannst du mich auch nur eine Minute länger als nötig denken lassen, Tim sei womöglich noch irgendwo unter der Lawine? Ich kann es nicht fassen!«
Sie sieht aus, als würde sie gleich auf ihn losstürzen. Bernadette zieht Karin von Emil weg und spricht beruhigend auf sie ein. Aber es war wohl alles ein wenig viel für sie heute, denn sie weint nur noch vor sich hin, ist nicht mehr ansprechbar. Bernadette geht mit

ihr nach oben. Ich kümmere mich um Tim, der gar nicht weiß, wie ihm geschieht.
»Es tut mir leid«, sagt er immer wieder. »Es tut mir leid!«

Dann sitzen wir alle wieder in der Gaststube, und die Spaghetti schmecken plötzlich ausgezeichnet. Tim erzählt, dass er den Sohn vom Sporthotel-Besitzer getroffen habe.
»Max hat heute Geburtstag. Deshalb durfte er ein paar Kinder ins Hotelschwimmbad einladen. Er hat mir eine Badehose geliehen. Wir haben gar nichts von der Lawine mitbekommen, und die Zeit haben wir völlig vergessen.«
Ich beruhige ihn und erzähle ihm, dass meine Mädchen manchmal auch so sind und ich mir dann unglaubliche Sorgen mache.
»Solche Sachen passieren. Deine Mama wird sich wieder erholen. Und auf dich ist sie sowieso nicht böse, weil sie doch einfach nur froh ist, dass es dir gut geht.«

Auch Emil sitzt mit uns am Tisch. Er will natürlich wissen, wie die Bank entschieden hat. Er möchte ja das Haus kaufen, und zwar sofort. Ich frage mich, ob es gut ist, an ihn zu verkaufen, ohne sich nach anderen Interessenten und Angeboten erkundigt zu haben. Aber Karin denkt vielleicht, dass sie Lukas das schuldig ist: Das Hotel soll in der Familie bleiben. Ich kann das schon verstehen. Trotzdem gefällt es mir nicht, wie Emil Druck macht. Auch Paul findet das befremdlich, wie er mir später erzählt.

Paul. Er sitzt mir gegenüber und beobachtet mich und Emil. Aber da gibt es nichts zu sehen, nichts zu spüren. Das Feuerchen ist gelöscht, es glimmt nicht einmal mehr. Vielleicht geht es Paul genauso mit Isabelle.
Ich lächle Paul zu, er lächelt zurück.

Ich werde ein wenig rot, und Paul zieht verwundert die Augenbrauen hoch. Er kennt mich einfach zu gut, sieht mir jede Gefühlsregung an, wenn er will.
Und im Moment bin ich selber überrascht: Sie sind wieder da, die Schmetterlinge im Bauch! Winzige, junge, zarte, verletzliche Dinger. Aber Schmetterlinge. Eindeutig.

Karin und Bernadette kommen nach einer Weile wieder in die Gaststube. Paul hat Feuer im Kamin gemacht. Karin sieht trotzdem verfroren und verloren aus.
Sie streicht Tim übers Haar und sagt: »Es ist alles in Ordnung. Ich hab dich lieb.«
Dann bittet sie Emil ins Büro.
Und ich weiß, dass sie jetzt ihr Hotel verkauft, wahrscheinlich zu schnell und unter Wert.

Die Kinder ziehen sich heute früher als sonst zum Fernsehen zurück. Bernadette will schlafen gehen. Irene erklärt auch, dass sie völlig erschöpft sei von ihrem ersten Tag auf dem Stoos und dass sie hoffe, die nächsten Tage würden nicht mehr ganz so aufregend ausfallen.
Paul und ich räumen auf und putzen die Tische. Tomislav und Ljubica verabschieden sich und gehen auf eine Geburtstagsfeier. Ob sie immer noch Lust zum Feiern hätten, wenn sie wüssten, was im Büro nebenan vor sich geht? Nun, vielleicht ändert sich für die beiden ja nichts, wenn sie Glück haben.
Die Gaststube ist leer.
Paul und ich polieren Gläser. Im Radio hören wir, dass die Suchaktion am Fronalpstock beendet wurde. »Der Lawinenkegel war fünfzig Meter breit und zweihundert Meter lang. Zeitweise waren vierzig Personen an der Suchaktion beteiligt. Der Lawinenkegel

wurde auch mit Lawinensuchgeräten und vier Lawinenhunden abgesucht. Der Niedergang war abseits der offiziellen Skipisten«, sagt der Nachrichtensprecher.
»Stell dir vor, es hätte unsere Mädchen erwischt«, sage ich und halte einen Moment mit dem Polieren inne. »Ein schrecklicher Gedanke.«
Paul nimmt mir das Glas aus der Hand und schließt mich in seine Arme. Es macht mich glücklich, zu spüren, dass es sich wie ein Neuanfang anfühlt. Nein, wir sind nicht bloß ausgelatschte Schuhe, die nichts mehr taugen.

Emil und Karin kommen aus dem Büro zurück. Wir fahren auseinander und fühlen uns ertappt, wie Teenager beim ersten Rendezvous. Emil winkt nur kurz, brummt »tschüs» und geht. Sicher hat er bekommen, was er wollte.
Wir trinken mit Karin einen Röteli. Wir reden und reden. Jetzt können wir sie unmöglich allein lassen.
Sie wirkt allerdings sehr gefasst und meint: »Ich habe ja nicht mein Leben hier verbracht, nur meine glücklichsten Jahre. Peter vom Sporthotel war gestern hier, als ihr euren Spaziergang gemacht habt. Er hat gesagt, ich könne jederzeit bei ihm anfangen. Er sucht jemand im Service, an den er auch ein paar Aufgaben im Hotel delegieren kann, wenn er selber mal nicht da ist. Eine rechte Hand, wie er sagt. Er kann mir sogar eine kleine Wohnung anbieten, und so kann Tim trotz allem hier auf dem Stoos bleiben.«
Es klingt so, als hätte sie sich damit bereits arrangiert. Aber ich lasse mich nicht täuschen von ihrem Gehabe. Ihre Hände zittern, wenn sie das Glas hebt. Sie hat gerade ihren Lebenstraum verkauft und ein Stück Vergangenheit, das sie noch mit Lukas verband.
»Emil hat schon einen Termin beim Notar für morgen Nachmittag verabredet«, erzählt Karin.

Ich staune. Wie kam er wohl zu diesem Termin? Kriegt man den denn so von heute auf morgen?
»Es geht alles so schnell«, sagt Karin irgendwann und schaut sich verloren in ihrer Gaststube um.
Stimmt. Wir hatten ihr das schon mehrmals gesagt.
Sie wimmelte uns jedoch immer ab, wie jetzt auch: »Es ist in Ordnung so. Emil hat mich überzeugt. Und die Stelle im Sporthotel bleibt ja auch nicht immer frei. Und ihr zwei?«, wechselt sie schnell das Thema: »Wird das wieder etwas mit euch beiden?«
Sie schaut neugierig von mir zu Paul und umgekehrt. Ich werde wieder verlegen, und Paul lächelt mich an, sagt aber nichts.
Karin schüttelt nur den Kopf.
»Wie Kinder!«, sagt sie tadelnd.
Sie gehe schlafen, und wir sollten bitte hier alles abschließen und die Lichter löschen, falls wir auch irgendwann hinaufgehen wollten.
Es ist Mitternacht, als das Telefon klingelt.
»Gut, dass ich noch jemanden erreiche«, freut sich Xaver vom »Alpstubli«. »Emil war hier und hat mir erzählt, dass er das Hotel gekauft hat. Stimmt das?«
Ich bestätige dies: »Morgen soll der Vertrag gemacht werden.«
Xaver schimpft irgendetwas Unverständliches vor sich hin.
Dann sagt er eindringlich: »Ich habe hinter Emils Rücken ein wenig Schicksal gespielt. Kannst du bitte dafür sorgen, dass Karin morgen um zehn bereit ist für ein Gespräch mit Max Metzger?«
»Max Metzger?«, frage ich.
»Max Metzger, dem hier viele Bahnen, Grundstücke und Hotels gehören. Du musst dafür sorgen, dass Karin mit ihm redet, bevor sie sich mit Emil trifft, notfalls mit Gewalt.«
Keimt gerade jetzt in diesem Moment ein Funken Hoffnung auf?
»Aber sie wird nicht an ihn verkaufen, nur weil er mehr bietet. Sie

will – allein in Gedenken an Lukas –, dass das Hotel in der Familie bleibt«, erkläre ich sicherheitshalber.
»Keine Sorge. Das Hotel bleibt in der Familie«, lacht Xaver nur.
Ich verspreche ihm, mit Karin um zehn hier zu sein. Der Termin mit Emil ist ja erst für den späteren Nachmittag geplant.
Xaver verabschiedet sich zufrieden.
Paul und ich überlegen eine Weile, was dieses außergewöhnliche Gespräch wohl bedeuten könnte, aber wir kommen nicht drauf. Außerdem sind wir inzwischen hundemüde.
Heute schläft Paul bei mir.

28

Donnerstagmorgen. Karin steht schon in der Gaststube und hat Frühstück gemacht. Sie sieht aus wie ihr eigener Geist. Ich glaube, sie hat heute Nacht gar nicht geschlafen. Ich beobachte sie besorgt.
»Wenn ich Tim nicht hätte, würde ich jetzt aufgeben«, sagt sie mit tonloser Stimme und starrt in ihre Kaffeetasse, aus der sie noch keinen Schluck getrunken hat.
»Aufgeben?«, frage ich erschrocken.
Was meint sie damit?
»Schon gut«, sagt sie und tätschelt mechanisch meine Hand.
Nichts ist gut.
Rein gar nichts.
»Morgen kommen sieben Hotelgäste«, wechselt Bernadette das Thema. »Ich habe diese Reservierung heute in aller Frühe entgegengenommen.«

Sie legt Karin einen Zettel vor. Die schaut nicht einmal hin. Ich nehme den Zettel und klebe ihn an die Kaffeemaschine. Irgendwann wird sie wieder ansprechbar sein! Sonst werde ich mich darum kümmern.

Paul kommt zum Frühstücken und küsst mich. Karin macht große Augen und lächelt dann.
»Es wird nicht alles gut, aber doch immerhin etwas«, freut sie sich.
Ja, so sieht es aus. Paul und ich lächeln einander zu, und dabei entsteht wieder vertraute Wärme.
Ich erzähle Karin von Xavers nächtlichem Anruf. Sie ist mehr als überrascht.
»Er hat es bisher immer gut gemeint mit mir. Wenn er Metzger zu mir schickt, höre ich mir den Mann natürlich an«, erklärt sie.

Die Kinder sind wieder auf der Piste, als hätte es nie eine Lawine gegeben. Natürlich mussten sie tausend Ermahnungen mit auf den Weg nehmen.
Paul begleitet Irene ins Sporthotel, wo sich anscheinend regelmäßig eine ganz spezielle Gruppe strickbegeisterter Frauen trifft. Sie stricken beispielsweise Bäume, Treppengeländer und Fahnenmasten ein.
»Urban Knitting«, hat Irene uns aus dem Prospekt vorgelesen. Das fasziniert sie. Und heute findet da eine Vernissage statt, mit einer Strick-Performance, was auch immer das sein mag.
Bernadette und ich fiebern gemeinsam mit Karin dem Metzger-Termin entgegen. Ich bin fruchtbar gespannt, neugierig, voller Hoffnung. Karin zählt die Minuten. Wir räumen Gläsergestelle leer und putzen und polieren ohne Unterlass. Hauptsache, wir sitzen nicht untätig herum.

Max Metzger erscheint zehn Minuten zu früh, gekleidet in Anzug und Krawatte, mit elegantem Wollmantel und Hut. Er wirkt hier oben in den Bergen ein wenig overdressed, aber er hat ein einnehmendes Wesen, ein nettes Gesicht, einen angenehmen Händedruck. Ich mustere ihn genau, denn ich wittere Morgenluft.
Karin will mich bei der Besprechung dabeihaben, und so führen wir den Geschäftsmann gemeinsam ins Büro. Er lächelt ein wenig, als er den engen Raum betritt. Immerhin bekommt er den einzigen Bürostuhl. Ich kriege einen Hocker, Karin sitzt auf dem umgedrehten Papierkorb.
»Gut, kommen wir zur Sache. Liebe Frau Wirz, Sie machen sich Sorgen und wollen Ihr Hotel verkaufen. Das müssen Sie nicht. Auf keinen Fall. Ich erzähle Ihnen jetzt ein paar Dinge und hoffe einfach auf Ihre Verschwiegenheit. Sie wissen, ich habe hier oben schon viel investiert. Mir gehören hier einige Bahnen und Hotels. Die Konzession für die alte Standseilbahn läuft 2015 aus. Wir haben gerade die Pläne für eine neue Bahn fertiggestellt.«
Bisher sehe ich noch immer keine Rettung für Karin. Ich höre nur Bahn, Bahn, Bahn.
»Die neue Bahn kann nicht mehr auf der alten Strecke gebaut werden. Sie wird einen neuen Standort bekommen. Die neue Bergstation – und jetzt kommt der interessante Aspekt für Sie – wird auf der Maggiweid stehen, direkt hinter Ihrem Hotel.«
Karin schaut Metzger an, wie hypnotisiert. Ich halte den Atem an.
»Sie können sich denken, was das für Ihr Haus bedeutet: Sie werden direkt an der Bergstation eine herausragende Lage haben. Ihr Umsatz wird in die Höhe schießen. Sie werden viel mehr Zimmer vermieten. Das Grundstück allein wird deutlich im Wert steigen. Ihre Terrasse dürfte dann eine Goldgrube sein.«
Karin läuft eine einzelne Träne übers Gesicht. Sie zittert immer stärker. Ich nehme ihre Hand und halte sie fest.

Metzger lächelt: »Wenn ich gewusst hätte, wie groß Ihre Not ist, hätte ich schon früher mit Ihnen Kontakt aufgenommen. Aber nach dem Tod Ihres Mannes habe ich nur kurz mit Emil gesprochen. Und er meinte, ich solle Sie noch in Ruhe lassen. Er werde sich melden, wenn Sie bereit seien, wieder ans Geschäft zu denken.«

Mein Gehirn weigert sich, die Informationen über Emil mit all ihren Konsequenzen zur Kenntnis zu nehmen. Karin wird noch blasser. Aber Metzger redet weiter.

»Ich biete Ihnen an, die Kosten für die fälligen Elektroinstallationen zu übernehmen. Nein, ich mache keine Geschenke. Ich gebe Ihnen einen Kredit zu den besten aller Bedingungen, und Sie fangen mit den Rückzahlungen an, wenn die neue Bahn läuft. Ich schicke Ihnen morgen einen Boten mit dem Vertrag vorbei, dann können Sie diesen in Ruhe prüfen lassen. Es ist mir wichtig, dass an der Bergstation ein gutes Hotel unter kompetenter Führung steht.«

Jetzt schluchzt Karin auf, und Metzger wirkt für einen Moment etwas ratlos und verlegen. Schließlich wartet er doch tatsächlich mit noch mehr guten Nachrichten auf. Ich sehe ihn mit großen Augen an und kann mich kaum ruhig halten.

»Während der Bauarbeiten würde ich gern ein paar Zimmer bei Ihnen fest anmieten. Das gibt Ihnen ein wenig Sicherheit. Sie werden natürlich ab und zu unter dem Baulärm leiden. Aber das ist bestimmt nur eine kurze Zeit. Wenn die Bahn läuft, möchte ich mich gern in Ruhe mit Ihnen zusammensetzen. Woran ich denke – aber das sind einfach so meine Visionen –, ist eine umfangreichere Zusammenarbeit. Wir könnten kooperieren und aus dem Hotel Maggiweid eine erstklassige Adresse machen. Ich hatte darüber vor Monaten schon einmal mit Ihrem Mann geredet. Er hat mir damals die Baupläne und alle Daten von Ihrem Hotel zur

Überprüfung gegeben. Ich weiß also durchaus, worauf ich mich einlasse.«
Metzger schweigt einen Moment lang. Karin schnäuzt sich in ihr Taschentuch. Ich nutze die Funkstille, stehe auf und hole eine Flasche Röteli und drei kleine Gläser.
»Entschuldigen Sie, das ist eine Freundinnen-Tradition«, sage ich und gieße auch Metzger ein Glas ein.
Er beäugt es kurz und lacht dann: »Oh, das erinnert mich an Skiferien in Disentis. Zum Wohl, die Damen!«
Das Glas von Karin ist schon leer. Ich gieße ihr nach. Ich habe Angst, dass sie mir sonst vom Stuhl kippt. Sie wirkt, als hätte man ihr gerade den Weltuntergang angekündigt: total geschockt. Erst nach dem zweiten Glas fängt sie plötzlich an zu lachen. Sie weint und lacht gleichzeitig.
»Ich hätte da noch was«, fängt Metzger wieder an. Er schmunzelt dabei ein wenig. Sicher kommt er sich selber langsam vor wie ein verspäteter Weihnachtsmann. »Wir wollen für die neue Bahn eine besondere Werbekampagne aufziehen. Und da würde der Song Ihres verstorbenen Mannes einfach perfekt passen. Wir würden Ihnen gern die Rechte für ›Auf dem Stoos‹ abkaufen. Was denken Sie?«
Karin nickt nur. Ich glaube, es hat ihr die Sprache nun endgültig verschlagen, darum mische ich mich ein.
»Herr Metzger, wir haben wirklich eine sehr schwere Zeit hinter uns. Wir glaubten, alles sei zu Ende, und jetzt kommen Sie und bieten so wunderbare Lösungen an. Sie verstehen sicher, dass das für meine Freundin schlicht überwältigend ist«, versuche ich zu vermitteln. »Nicht, dass Sie denken, wir seien undankbar oder etwas in der Art. Wir finden nur keine Worte.«
»Genau«, sagt Karin nur.
»Ach, keine Sorge. Ich habe das schon alles richtig verstanden.

Außerdem bin ich so viel Geschäftsmann, dass ich Ihnen diese Angebote nur mache, weil ich Sie als Geschäftsfrau längst unter die Lupe genommen habe. Ich weiß, was Sie zu leisten imstande sind, Frau Wirz, und genau das brauche ich hier.«
Wow. Ich bin jetzt selber ganz gerührt.
»Sicher brauchen Sie eine Weile, um das alles sacken zu lassen. Das ist in Ordnung. Hier ist meine Karte mit meiner privaten Telefonnummer. Sobald Sie ein wenig zur Ruhe gekommen sind: Rufen Sie mich an! Dann regeln wir alles. Es wird bestimmt gut. Machen Sie sich keine Sorgen mehr.«
Max Metzger steht auf. So viel Tränen und Gefühle sind für den steifen Geschäftsmann wohl auch schwierig zu managen.
»Es tut mir leid, dass ich Ihnen Ihre Sorgen nicht schon früher abgenommen habe. Da spielt freilich Ihr Schwager keine unwesentliche Rolle. Mit dem werde ich allerdings selber noch ein paar Worte reden.«
Metzger reicht Karin die Hand, aber sie lässt den Mann nicht einfach gehen. Sie umarmt ihn und drückt ihn und schmiert dabei ein wenig von ihrer zerlaufenen Wimperntusche an sein teures Jackett.
»Danke. Möge Gott Ihnen das vergelten, was Sie heute für mich und meinen Sohn getan haben!«, sagt sie.
Metzger wird ganz verlegen, verabschiedet sich und geht. Vorher bittet er uns nachdrücklich, noch einen Monat über die neuen Bahnpläne zu schweigen.

Karin und ich bleiben einen Moment wie versteinert im Büro stehen, merken nicht einmal, dass eine von uns Metzger hätte hinausbegleiten sollen. Tausend Gedanken explodieren in unseren Köpfen. Dann umarmen wir uns und weinen und lachen im Duett.

Es ist Karin, die zuerst wieder an Emil denkt.
»Sonja, was ist mit Emil? Ich bin gerade so glücklich, dass ich mir nur ungern die Stimmung verderben lasse. Aber stell dir vor: Er hat alles gewusst und mir nichts gesagt. Er wollte mich dazu bringen, möglichst schnell und billig zu verkaufen, bevor ich etwas von den Bahnplänen hätte erfahren können. Das ist unfassbar! Unglaublich! Er ist ein elender Gauner.«
Karin lässt sich in den Bürostuhl fallen.
Nein!, spüre ich es fast wie einen Aufschrei in meinem Innersten. Aber sie hat recht. Er ist ein Charakterschwein.
»Sein Kiosk an der alten Bergstation wird bald wertlos sein. Also suchte er eine neue Geldquelle«, spinnt Karin ihren Faden weiter. »Es ging ihm gar nicht um das Elternhaus. Er wollte einfach weiterhin an erster Lage wohnen und Geld verdienen. Und dafür hätte er mich und seinen ach so geliebten Neffen über die Klinge springen lassen. Lukas würde sich im Grab herumdrehen, wenn er das wüsste.«
Ich fühle mich, als hätte mir jemand die Faust in den Magen gerammt. Es muss genau so sein, wie es sich Karin gerade zusammenreimt. Genau so und nicht anders. Was wiederum heißt: Emil ist ein skrupelloser, böser, widerlicher, geldgeiler Mensch. Sein ganzes Familiengesäusel und die Gefühlsduselei: Alles nicht echt.
Karin steht auf und will das Büro verlassen.
»Warte!«, rufe ich sie zurück. »Zuerst müssen wir besprechen, was wir erzählen, was nicht und wie wir mit Emil umgehen wollen.«
»Stimmt.« Karin setzt sich wieder.
Wir beschließen, das Bahngeheimnis für uns zu behalten und nur zu erzählen, dass Metzger Karin einen extrem günstigen Kredit gibt und dass er Lukas' Stoos-Lied abkauft.
»Und Emil?«
Karin schüttelt den Kopf, noch immer fassungslos.

»Er wollte mich vor die Hunde gehen lassen. Ich dachte, er sei ein Freund, ein Verwandter, Familie. Lukas hat ihn geliebt. Tim auch.«
»Ich auch. Beinah«, gebe ich zu.
Karin überlegt eine Weile.
»Ich werde ihn anrufen und ihm erklären, dass ich ihn direkt beim Notar in Schwyz treffen werde, weil ich vorher noch einen Arzttermin hätte«, verkündet sie schließlich. »Eine ganz winzige Rache, ich weiß. Und ich werde gleich nachher dem Notar ein Dokument faxen, das er Emil dann überreichen kann: ein vorläufiges Lokalverbot für mein Hotel. Das muss für den Moment reichen. Er weiß dann, dass ich alles weiß.«
Ja, im Moment bin ich da auch ratlos. Anzeigen kann sie ihn nicht. Verprügeln – worauf ich im Moment riesige Lust hätte – auch nicht. Gletscherspalten gibt es hier oben auch keine …
»Wie ich das Tim erklären soll, weiß ich allerdings überhaupt nicht. Aber wir werden eine Lösung finden. Ich kann nur hoffen, dass Emil von hier verschwindet.«
Ich bin erschüttert über meine schlechte Menschenkenntnis.
Karin schüttelt sich und sagt betont munter: »Komm, Sonja, wir gehen jetzt feiern.«
Genau. Was kümmert uns Emil? Er soll uns nicht diese riesige Freude und Erleichterung verderben.

Bernadette wartet in der leeren Gaststube auf uns. Sie hat sich bestimmt schon gewundert, wo wir bleiben, als sie Metzger hat gehen sehen.
Karin erklärt ihr alles und sagt dann feierlich: »Nun kannst du für immer hierbleiben und deine Wohnung in Schwyz auflösen. Ich adoptiere dich hiermit als Hausmutter.«
Die zwei umarmen sich, und nun sehe ich erstmals auch Berna-

dette weinen. Alles war auch für sie sehr viel, und nun wird mit einem Mal alles gut.
Dann wendet sich Karin mir zu und sagt: »Jetzt zu dir, Sonja. Du suchst einen Job. Ich habe einen für dich. Einen schlecht bezahlten, aber mit einer netten Chefin. Du könntest tageweise hier arbeiten und wohnen und zwischendurch heimfahren. Du müsstest auch nur in den wichtigen Monaten hier sein, könntest jederzeit deine Familie mitbringen oder nachkommen lassen. Du könntest oft auch nur tagsüber hier sein. Was meinst du? Schmeißen wir den Laden hier gemeinsam?«
»Ja!«
Es ist wie ein Jubel, der aus mir hervorbricht. Genau das möchte ich. Und genau so. Es soll bei mir gar nicht mehr alles werden, wie es früher war. Ein bisschen Trennung wird Paul und mir guttun. Ich werde meinen Job und meine Familie unter einen Hut bringen, davon bin ich überzeugt. Meine Töchter sind alt genug, der Stoos ist nicht aus der Welt, und mein Mann ist im Moment zu jedem Kompromiss bereit. Irene hat mir ohnehin volle Rückendeckung versprochen, wie auch immer ich mich entscheiden werde.
»Ja!«, rufe ich noch einmal laut.
Wir weinen alle drei gemeinsam um die Wette. Das wiederum bringt uns zum Lachen. Wir sind ein wunderbares Trio, und das haben wir Weihnachten zu verdanken. Vielleicht hatten unsere Verstorbenen die Hand im Spiel, vielleicht der Weihnachtsmann oder das Christkind. Dass wir uns gefunden haben, ist auf jeden Fall ein riesiges Geschenk.

Karin zieht sich in ihr Büro zurück, um dem Notar das Schreiben zu schicken und Emil anzurufen. Als sie zurückkommt, hat sie Ljubica und Tomislav dabei, denen sie die frohe Botschaft auch bereits verkündet hat.

»Die beiden werden jetzt übernehmen, und wir drei fahren auf den Klingenstock. Nur dort oben, auf Lukas' Familienberg, können wir würdig auf die Wunder des heutigen Tages anstoßen.«
Bernadettes Kiefer klappt herunter.
»Ich …«, will sie protestieren.
Ich weiß: Sie hat Angst vor Sesselliften.
»Papperlapapp«, fällt Karin ihr ins Wort, »wir helfen dir, und du wirst es nicht bereuen.«

Wir marschieren zur Sessellift-Station, Arm in Arm. Es ist wie eine kleine Glückswallfahrt, wie ein Ritual. Schließlich fahren drei übermütige, glückliche Frauen singend auf dem geheizten Sessellift Richtung Klingenstock, den Berggipfeln, dem Himmel und der Sonne entgegen. Wir nehmen Bernadette in unsere Mitte, und ihr bleibt gar nichts anderes übrig, als ihre Ängste zu überwinden, und kurz darauf freut sie sich umso mehr an diesem für sie so neuen Erlebnis.

Auf dem Stoos, auf dem Stoos
Wird mein Herz vor Freude groß.

Oh ja, mein Herz ist riesengroß vor Freude. Und die »tausend Berge, tausend Seen«, die man von oben sehen kann, beglücken mich einmal mehr. Natürlich denke ich auch zurück an meinen schönen Ausflug mit Emil.
Was für ein schlechter Mensch!
Er hat mir zwar ein paar romantische Stunden geschenkt, aber er hat beinahe das Leben meiner Freundin zerstört, was auch Konsequenzen für mich und Bernadette gehabt hätte. Er wäre für seine eigene Zukunft über Leichen gegangen. Auch über meine. Und seine Liebe zu Tim war nur Gerede. Unverzeihlich! Im Vergleich

dazu ist Pauls Seitensprung doch nur ein Bubenstreich. Ich werde ihm verzeihen. Und nicht nur das: Ich werde alles vergessen. Irgendwann.

Der Bahnangestellte auf dem Klingenstockgipfel hat uns eine kleine Holzbank hinter seine Hütte gestellt. Karin packt den Röteli aus. Wir füllen winzige Gläser und diskutieren zuerst eine Weile, worauf wir denn nun wirklich trinken sollen, hier und heute, an diesem äußerst speziellen Tag.
Auf die Wunder des Lebens?
Auf das Leben überhaupt?
Auf die Liebe? Auf Lukas? Auf den Stoos?
Wir beschließen, auf unsere Freundschaft und die Zukunft zu trinken. Und darauf, dass man nie den Glauben daran verlieren darf, dass sich alles zum Guten wenden wird, egal, wie trostlos die Situation gerade ist.
»Alles wird gut. Das soll in Zukunft unser Lebensmotto sein«, beschließt Karin, und wir sind sofort einverstanden.
Alles wird gut.
Darauf stoßen wir an.

Wir bleiben lange gemeinsam auf der kleinen Holzbank sitzen, nahe beieinander, ohne zu reden.
Drei Frauen im Schnee.
Jede spürt ihrem eigenen Glücksgefühl nach. Es fühlt sich an wie unser zweites, ganz persönliches Weihnachtsfest.
Bernadette weiß jetzt, dass sie ein neues Zuhause gefunden hat und nie mehr einsam sein wird.
Karin sieht trotz ihrer Trauer um Lukas wieder eine Zukunft mit Tim auf dem Stoos.
Und ich?

Da unten in dem kleinen Bergdorf wartet Paul, mein ausgelatschter Schuh, mit den Zwillingen auf mich, und mein Herz wird warm beim Gedanken an sie. Ich freue mich auf meine Familie, auf Irene und sogar auf den kleinen Hund. Jetzt habe ich hier auch noch einen Job gefunden, der mich glücklich macht. Ich werde nie mehr allein sein, weil ich Bernadette und Karin sozusagen zu Weihnachten geschenkt bekommen habe.
Ja, es ist alles gut geworden.
Richtig gut.

»Am Ende wird alles gut.
Wenn es nicht gut wird, ist es noch nicht das Ende.«
Oscar Wilde

Dies ist ein Roman. Trotzdem lege ich in aller Regel großen Wert darauf, dass die Fakten stimmen.
Bei diesem Buch war ich allerdings ab und zu ein wenig großzügig mit der Wahrheit.
Natürlich weiß ich, dass ein John Grisham nicht in eine Schweizer Kantonsschule kommt, um sich mit den Schülern über seine Bücher zu unterhalten – aber schön wärs doch!
Dann habe ich zum Beispiel Vollmonde, Schulferien und Lawinenniedergänge zeitlich so verlegt, dass sie zu meiner Geschichte passten.
Und natürlich wusste Anfang 2013, als ich diesen Roman schrieb, längst jeder, dass es eine neue Stoosbahn geben wird. Die neue, äußerst moderne Bahn darf sich »die steilste Standsteilbahn der Welt« nennen und wird wahrscheinlich bereits 2015 fahren.
Die Bergstation wird tatsächlich vom Stooshorn zur Maggiweid versetzt, und den idyllischen autofreien Ort Stoos mit seiner bezaubernden Bergwelt gibt es selbstverständlich.
Alles andere ist frei erfunden.

Infos zum Stoos und zur neuen Bahn: www.stoos.ch

Danke …

… dem ganzen Team vom Wörterseh Verlag. Endlich habe ich meine Heimat als Autorin gefunden. Ich werde betreut, unterstützt und getragen. Speziell danke ich meiner wunderbaren Verlegerin Gabriella Baumann-von Arx und dem unverzichtbaren Michael Hammerer sowie Lena Stadelmann.
… meinem liebenswerten und kompetenten Dreamteam, der Lektorin Antje Steinhäuer und der Korrektorin Andrea Leuthold.
… dem Grafiker Thomas Jarzina für das perfekt gelungene Buchcover, dem Buchhersteller Rolf Schöner für seine sorgfältige typografische Gestaltung.
… Xaver und Josef Schuler, Hotel Alpstubli, Stoos; Davor Bobinac, Hotel Klingenstock, Stoos; Gigi und Beat, Skihaus Ibach, Stoos. Für ihre Gastfreundschaft und die Beantwortung meiner Fragen rund um Hotels auf dem Stoos.
… Ivan Steiner, Stoos, und seinem ganzen Team.
… Angela Zimmermann, Monika Kubach, Marianne Horner, Erhard Gick, Angela Lanker, Bärbel Elsener, Tierpark Goldau, Raymond Bachmann, Nicole Smodis, Hans Büchler, Ralf Wider Cordero, Karin Mayerhofer, »Neue Schwyzer Zeitung«, Heidi Beck, Vroni Schärer, Marianne Zimmermann (Imbach Reisen), Mona Achermann, Sandra Paradiso, Hanna Steinegger … So viele Menschen stehen hinter mir. Die Liste müsste eigentlich kilometerlang sein.
… jedem einzelnen Leser für die Rückmeldungen aller Art. Noch

nie habe ich so viele E-Mails bekommen wie nach meinem letzten Buch. Sie haben mich motiviert und glücklich gemacht. Ich versuche, alle zu beantworten, aber manchmal verliere ich den Überblick.

... meiner Familie und meinem Hans. Sie (er)tragen mich in guten und schlechten Zeiten.